U0079390

附 MP3

雅典文化

日語這樣說最正確

【史上最強的口語日語合輯！】

雅典日研所 企編

50音基本發音表

清音

a ㄚ	i ㄧ	u ㄨ	e ㄝ	o ㄡ
あ ア	い イ	う ウ	え エ	お オ
ka ㄎㄚ	**ki** ㄎㄧ	**ku** ㄎㄨ	**ke** ㄎㄝ	**ko** ㄎㄡ
か カ	き キ	く ク	け ケ	こ コ
sa ㄙㄚ	**shi** ㄒ	**su** ㄙ	**se** ㄙㄝ	**so** ㄙㄡ
さ サ	し シ	す ス	せ セ	そ ソ
ta ㄊㄚ	**chi** ㄑㄧ	**tsu** ㄘ	**te** ㄊㄝ	**to** ㄊㄡ
た タ	ち チ	つ ツ	て テ	と ト
na ㄋㄚ	**ni** ㄋㄧ	**nu** ㄋㄨ	**ne** ㄋㄝ	**no** ㄋㄡ
な ナ	に ニ	ぬ ヌ	ね ネ	の ノ
ha ㄏㄚ	**hi** ㄏㄧ	**fu** ㄈㄨ	**he** ㄏㄝ	**ho** ㄏㄡ
は ハ	ひ ヒ	ふ フ	へ ヘ	ほ ホ
ma ㄇㄚ	**mi** ㄇㄧ	**mu** ㄇㄨ	**me** ㄇㄝ	**mo** ㄇㄡ
ま マ	み ミ	む ム	め メ	も モ
ya ㄧㄚ		**yu** ㄧㄩ		**yo** ㄧㄡ
や ヤ		ゆ ユ		よ ヨ
ra ㄌㄚ	**ri** ㄌㄧ	**ru** ㄌㄨ	**re** ㄌㄝ	**ro** ㄌㄡ
ら ラ	り リ	る ル	れ レ	ろ ロ
wa ㄨㄚ		**o** ㄡ		**n** ㄣ
わ ワ		を ヲ		ん ン

濁音

ga ㄍㄚ	gi ㄍㄧ	gu ㄍㄨ	ge ㄍㄝ	go ㄍㄡ
が ガ	ぎ ギ	ぐ グ	げ ゲ	ご ゴ
za ㄗㄚ	**ji** ㄐㄧ	**zu** ㄗ	**ze** ㄗㄝ	**zo** ㄗㄡ
ざ ザ	じ ジ	ず ズ	ぜ ゼ	ぞ ゾ
da ㄉㄚ	**ji** ㄐㄧ	**zu** ㄗ	**de** ㄉㄝ	**do** ㄉㄡ
だ ダ	ぢ ヂ	づ ヅ	で デ	ど ド
ba ㄅㄚ	**bi** ㄅㄧ	**bu** ㄅㄨ	**be** ㄅㄝ	**bo** ㄅㄡ
ば バ	び ビ	ぶ ブ	べ ベ	ぼ ボ
pa ㄆㄚ	**pi** ㄆㄧ	**pu** ㄆㄨ	**pe** ㄆㄝ	**po** ㄆㄡ
ぱ パ	ぴ ピ	ぷ プ	ぺ ペ	ぽ ポ

拗音　　　　　track 004

kya ㄎㄧㄚ		kyu ㄎㄧㄩ		kyo ㄎㄧㄡ	
きゃ	キャ	きゅ	キュ	きょ	キョ
sha ㄒㄧㄚ		shu ㄒㄧㄩ		sho ㄒㄧㄡ	
しゃ	シャ	しゅ	シュ	しょ	ショ
cha ㄑㄧㄚ		chu ㄑㄧㄩ		cho ㄑㄧㄡ	
ちゃ	チャ	ちゅ	チュ	ちょ	チョ
nya ㄋㄧㄚ		nyu ㄋㄧㄩ		nyo ㄋㄧㄡ	
にゃ	ニャ	にゅ	ニュ	にょ	ニョ
hya ㄏㄧㄚ		hyu ㄏㄧㄩ		hyo ㄏㄧㄡ	
ひゃ	ヒャ	ひゅ	ヒュ	ひょ	ヒョ
mya ㄇㄧㄚ		myu ㄇㄧㄩ		myo ㄇㄧㄡ	
みゃ	ミャ	みゅ	ミュ	みょ	ミョ
rya ㄌㄧㄚ		ryu ㄌㄧㄩ		ryo ㄌㄧㄡ	
りゃ	リャ	りゅ	リュ	りょ	リョ

gya ㄍㄧㄚ		gyu ㄍㄧㄩ		gyo ㄍㄧㄡ	
ぎゃ	ギャ	ぎゅ	ギュ	ぎょ	ギョ
ja ㄐㄧㄚ		ju ㄐㄧㄩ		jo ㄐㄧㄡ	
じゃ	ジャ	じゅ	ジュ	じょ	ジョ
ja ㄐㄧㄚ		ju ㄐㄧㄩ		jo ㄐㄧㄡ	
ぢゃ	ヂャ	づゅ	ヂュ	ぢょ	ヂョ
bya ㄅㄧㄚ		byu ㄅㄧㄩ		byo ㄅㄧㄡ	
びゃ	ビャ	びゅ	ビュ	びょ	ビョ
pya ㄆㄧㄚ		pyu ㄆㄧㄩ		pyo ㄆㄧㄡ	
ぴゃ	ピャ	ぴゅ	ピュ	ぴょ	ピョ

▶ 史上最強口語日語合輯！

　　想要增加口語日語的能力，除了必須具備基本的單字詞彙之外，短語技巧的運用是另一個重要的基本訓練。

　　單一的語句說明絕對不足以形容萬變的生活情境，語言的使用也絕非單一的一種表達方式，在相同的情境下，可以有許多種不同的表達技巧。

　　以「問候」的情境主題為例子，你可以使用最常見的問句："こんにちは"寒暄問候，當然你也可以善用朋友間常用的口語化問句："やあ"來表達，除此之外，"おはようございます""こんばんは"則是另外一種日本人生活上常用的問候的口語問句。天氣話題也是日本人見面時常用的問候方式。

　　本書「日語這樣說最正確」便是利用上述的情境學習法，提供在相同情境下，可以表達的各種短語句型。

　　本書更提供外籍教師真人發音的會話mp3，對照本書提供的短語句型學習，不必侷限於只能聽一次的限制，藉由反覆聆聽、跟隨朗讀，徹底提升您的口語以及聽力的能力。

● **Chapter 1 生活常用短語** ●

いかがですか？

如何呢？

お勧めは何ですか？

你推薦什麼呢？

他にありませんか？

還有其他的嗎？

何か問題ありませんか？

有沒有問題？

これは何ですか？

這是什麼？

仕方がないよ。

沒辦法啊！

どうでもいい。

隨便！

誰かと付き合っている？

你是不是和誰在交往？

◀ 11

◀ 13

Contents 目　錄

Contents目　錄

● Chapter 2 情境用語 ●

Chapter 1
生活常用短語

• track 005

▶ 附帶詢問

いかがですか？
i.ka.ga.de.su.ka.
如何呢？

會話

Ⓐ お飲み物はいかがですか？
o.no.mi.mo.no.wa./i.ka.ga.de.su.ka.
要不要來點飲料呢？

Ⓑ はい、コーヒーをください。
ha.i./ko.o.hi.i.o./ku.da.sa.i.
好的，請給我一杯咖啡。

同義

どうですか？
do.u.de.su.ka.
怎麼樣呢？

よろしいでしょうか？
yo.ro.shi.i.de.sho.u.ka.
要不要呢？

コーヒー飲む？
ko.o.hi.i.no.mu.
要不要來杯咖啡呢？

▶ **要求推薦**

お勧めは何ですか？

o.su.su.me.wa./na.n.de.su.ka.

你推薦什麼呢？

會話

Ⓐ お勧めは何ですか？

o.su.su.me.wa./na.n.de.su.ka.

你推薦什麼呢？

Ⓑ カレーライスは人気メニューです。

ka.re.e.ra.i.su.wa./ni.n.ki.me.nyu.u.de.su.

咖哩飯很受歡迎。

同 義

何かお勧めはありませんか？

na.ni.ka./o.su.su.me.wa./a.ri.ma.se.n.ka.

有沒有什麼推薦的商品？

- -

一番人気があるのは何ですか？

i.chi.ba.n.ni.n.ki.ga.a.ru.no.wa./na.n.de.su.ka.

最受歡迎的是什麼呢？

- -

• track 007

▶ 其餘選項

> ### 他^{ほか}にありませんか？
>
> ho.ka.ni.a.ri.ma.se.n.ka.
>
> 還有其他的嗎？

會話

Ⓐ ちょっと色^{いろ}が暗^{くら}いですね。他^{ほか}にありませんか？

cho.tto.i.ro.ga./ku.ra.i.de.su.ne./ho.ka.ni.a.ri.
ma.se.n.ka.

這個顏色有一點暗，還有其他的嗎？

Ⓑ こちらピンクのはいかがですか？

ko.chi.ra.pi.n.ku.no.wa./i.ka.ga.de.su.ka.

這件粉紅色的怎樣呢？

相關

他^{ほか}のがありませんか？

ho.ka.no.ga.a.ri.ma.se.n.ka.

還有其他種的嗎？

似^にたようなデザイン、他^{ほか}にありませんか？

ni.ta.yo.u.na.de.za.i.n./ho.ka.ni.a.ri.ma.se.n.ka.

類似的設計，還有其他的嗎？

• track 008

▶ 額外問題

なに もんだい
何か問題ありませんか？

na.ni.ka./mo.n.da.i.a.ri.ma.se.n.ka.

有沒有問題？

會 話

A 何か問題ありませんか？

na.ni.ka./mo.n.da.i.a.ri.ma.se.n.ka.

有沒有問題？

B いいえ。

i.i.e.

沒有。

A じゃ、今日はここまで。

ja./kyo.u.wa./ko.ko.ma.de.

那麼，今天就到這裡。

相 關

しつもん
質問ありますか？

shi.tsu.mo.n.a.ri.ma.su.ka.

有任何問題嗎？

もんだい
問題ありますか？

mo.n.da.i.a.ri.ma.su.ka.

有問題嗎？

• track 009

▶ 詢問

これは何ですか？

ko.re.wa./na.n.de.su.ka.

這是什麼？

會 話

A これは何ですか？

ko.re.wa./na.n.de.su.ka.

這是什麼？

B ショートケーキです。

sho.o.to.ke.e.ki.de.su.

這是草莓蛋糕。

A じゃ。一つください。

ja./hi.to.tsu.ku.da.sa.i.

這樣啊。請給我一份。

相 關

これは何？

ko.re.wa./na.ni.

這是什麼？

• track 010

▶ **無奈接受**

仕方がないよ。
shi.ka.ta.ga.na.i.yo.
沒辦法啊！

會話

Ⓐ あぁ、負けちゃった。
a.a./ma.ke.cha.tta.
唉，輸了。

Ⓑ 仕方がないよ。途中で転んじゃったんだから。
shi.ka.ta.ga.na.i.yo./to.chu.u.de./ko.ro.n.ja.tta.n.
da.ka.ra.
沒辦法啊！因為我在途中跌倒了。

同 義

ついてないね。
tsu.i.te.na.i.ne.
真倒霉。

しょうがないよ。
sho.u.ga.na.i.yo.
沒辦法啊！

39

• track 011

▶ 不在意

どうでもいい。
do.u.de.mo.i.i.
隨便！

會話

Ⓐ この指輪、きれいでしょう？
ko.no.yu.bi.wa./ki.re.i.de.sho.u.
這個戒指很漂亮吧！

Ⓑ そんなもの、どうでもいいよ。
so.n.na.mo.no./do.u.de.mo.i.i.yo.
這種東西，隨便怎樣都好吧。

Ⓐ ひどい！これは私の婚約指輪だよ。
hi.do.i./ko.re.wa./wa.ta.shi.no.ko.n.ya.ku.yu.bi.
wa.da.yo.
好過份！這是我的婚戒耶！

同義

気にするものか！
ki.ni.su.ru.mo.no.ka.
我不在意！

それで？
so.re.de.
那又怎麼樣？

▶ **是否有交往對象**

誰かと付き合っている？

da.re.ka.to.tsu.ki.a.tte.i.ru.

你是不是和誰在交往？

會話

Ⓐ 愛ちゃん、もしかして誰かと付き合っている？

a.i.cha.n./mo.shi.ka.shi.te./da.re.ka.to.tsu.ki.a.
tte.i.ru.

小愛，你是不是和誰在交往？

Ⓑ 余計なお世話だ。

yo.ke.i.na.o.se.wa.da.

少管閒事！

Ⓐ 教えてよ。

o.shi.e.te.yo.

告訴我啦！

相關

恋に落ちた。

ko.i.ni.o.chi.ta.

我戀愛了。

▶ 嚴肅性問題

> # 本気ですか？
> ほ ん き
>
> ho.n.ki.de.su.ka.
>
> 你是認真的嗎？

會話

A 加奈ちゃんと結婚します。
か な けっこん

ka.na.cha.n.to.ke.kko.n.shi.ma.su.

我要和加奈結婚。

B えっ、本気ですか？
ほ ん き

e./ho.n.ki.de.su.ka.

你對這件事是認真的嗎？

A はい、本気です。
ほ ん き

ha.i./ho.n.ki.de.su.

是的，我是認真的！

同義

冗談でしょう？
じょうだん

jo.u.da.n.de.sho.u.

開玩笑的吧？

うそだろう？

u.so.da.ro.u.

你在説謊吧？

• track 014

▶ 自找苦吃

自業自得だ！
じごうじとく
ji.go.u.ji.to.ku.da.

自作自受！

會話

A 課長に叱られた、ショック！
か ちょう　　 しか
ka.cho.u.ni.shi.ka.ra.re.ta./sho.kku.

我被課長罵了，真受傷！

B それは自業自得だろう！
じごうじとく
so.re.wa./ji.go.u.ji.to.ku.da.ro.u.

那是你自作自受！

同義

いい気味だ！
き み
i.i.ki.mi.da.

活該！

- - - - - - - - - - - - - - - - - - - -

自業自縛だ！
じごうじばく
ji.go.u.ji.ba.ku.da.

你自找的！

- - - - - - - - - - - - - - - - - - - -

▶ 瞭解

分かりました。

wa.ka.ri.ma.shi.ta.

我知道了。

會話

Ⓐ 明日の九時までに出してください。

a.shi.ta.no.ku.ji.ma.de.ni./da.shi.te.ku.da.sa.i.

明天九點之前要交。

Ⓑ はい、分かりました。

ha.i./wa.ka.ri.ma.shi.ta.

好的，我知道了。

同義

了解です。

ryo.u.ka.i.de.su.

我了解。

いいよ。

i.i.yo.

好的。

• track 016

▶ 搞糊塗

わかりにくい。
wa.ka.ri.ni.ku.i.
眞難懂！

會話

Ⓐ 次の角を左に曲がると右にある。

tsu.gi.no.ka.do.o.hi.da.ri.ni.ma.ga.ru.to./mi.gi.
ni.a.ru.

下一個轉角左轉之後就在右邊。

Ⓑ えっ、右？左？分かりにくいなあ。

e./mi.gi./hi.da.ri./wa.ka.ri.ni.ku.i.na.a.

右邊？左邊？好難懂啊！

同義

ちょっとわかりづらい.

cho.tto.wa.ka.ri.zu.ra.i.

我有點被搞得有點糊里糊塗的！

- -

ややこしい.

ya.ya.ko.shi.i.

真複雜！

• track 017

▶ 感到驕傲

光栄です。
ko.u.e.i.de.su.
深感榮興。

會話

A 一緒に来てくれて、ありがとう。
i.ssho.ni.ki.te.ku.re.te./a.ri.ga.to.u.
謝謝你陪我來。

B いいえ、光栄です。
i.i.e./ko.u.e.i.de.su.
不，這是我的榮幸。

同義

役に立てば光栄です。
ya.ku.ni.ta.te.ba.ko.u.e.i.de.su.
能盡上一己之力，我感到很榮幸。

喜んで。
yo.ro.ko.n.de.
我很樂意。

▶ 感到厭煩

うんざりだ。
u.n.za.ri.da.
我對它感到很厭煩了。

會話

A もう!
mo.u.
真是的!

B どうした?
do.u.shi.ta.
怎麼啦?

A 日本語なんて、もううんざりだ。
ni.ho.n.go.na.n.te./mo.u.u.n.za.ri.da.
我對日語已經感到厭煩了!

同義

うんざりしてきた。
u.n.za.ri.shi.te.ki.ta.
感到厭煩了。

むかつく。
mu.ka.tsu.ku.
真火大!

• track 019

▶ 要求安靜

静かにしてください。

shi.zu.ka.ni.shi.te.ku.da.sa.i.

請安靜！

會話

A 皆、もう午前二時ですよ。静かにしてください。

mi.na./mo.u.go.ze.n.ni.ji.de.su.yo./shi.zu.ka.ni.
shi.te.ku.da.sa.i.

已經半夜兩點了，請大家安靜。

B すみません。

su.mi.ma.se.n.

對不起。

同義

黙って。

da.ma.tte.

閉嘴！

うるさいです！

u.ru.sa.i.de.su.

太吵了！

• track 020

▶ 抱歉打擾

お邪魔します。

o.ja.ma.shi.ma.su.

很抱歉打擾你。

會話

A どうぞおあがりください。

do.u.zo./o.a.ga.ri.ku.da.sa.i.

請進來坐坐。

B お邪魔します。

o.ja.ma.shi.ma.su.

打擾了。

同義

すみません。

su.mi.ma.se.n.

很抱歉打擾你。

失礼します。

si.tsu.re.i.si.ma.su.

打擾了。

▶ 訝異

凄_{すご}い！

su.go.i.

天啊！

會話

Ⓐ 見_みて、あの筋肉_{きんにく}。凄_{すご}いなあ。

mi.te./a.no.ki.n.ni.ku./su.go.i.na.a.

你看那個人的肌肉。天啊！

Ⓑ 本当_{ほんとう}だ、プロレスラーみたい。

ho.n.to.u.da./pu.ro.re.su.ra.a.mi.ta.i.

真的！好像摔角選手。

同義

かっこいい。
ka.kko.i.i.
真棒！真酷！

あらっ。
a.ra.
啊！

すばらしい！
su.ba.ra.shi.i.
太棒了！

50

▶ 再見

> **じゃ。**
> ja./ma.ta.
> 再見。

會話

Ⓐ では、また来週。
de.wa./ma.ta.ra.i.shu.u.
那麼，下週見。

Ⓑ じゃ、またね。
ja./ma.ta.ne.
下次見。

同義

じゃね。
ja.ne.
再見。

さよなら。
sa.yo.na.ra.
再會。

またあとで。
ma.ta.a.to.de.
待會見。

• track 023

▶ 用電話保持聯絡

電話してください。
でんわ

de.n.wa.shi.te.ku.da.sa.i.

打個電話給我。

會話

Ⓐ 国に帰ったら、電話してください。
くに かえ でんわ

ku.ni.ni.ka.e.tta.ra./de.n.wa.shi.te.ku.da.sa.i.

回國後，再打個電話給我。

Ⓑ はい、分かりました。
わ

ha.i./wa.ka.ri.ma.shi.ta.

好的，我會的。

同義

また電話してね。
でんわ

ma.ta.de.n.wa.shi.te.ne.

要打電話給我，好嗎？

- -

連絡してください。
れんらく

re.n.ra.ku.shi.te.ku.da.sa.i.

保持聯絡！

- -

• track 024

▶ 保持聯絡

メールしてください。
me.e.ru.shi.te.ku.da.sa.i.
別忘了寫 mail(給我)。

會話

A そろそろ時間です。じゃ、行ってきます。
so.ro.so.ro.ji.ka.n.de.su./ja./i.tte.ki.ma.su.
時間差不多了，我要出發了。

B 行ってらっしゃい。何かあったら、メールしてく
ださい。
i.tte.ra.ssha.i./na.ni.ka.a.tta.ra./me.e.ru.shi.te.
ku.da.sa.i.
請慢走。有什麼事的話，請寫mail告訴我。

同義

連絡してください。
re.n.ra.ku.shi.te.ku.da.sa.i.
保持聯絡。

またメールする。
ma.ta.me.e.ru.su.ru.
我會再寄 mail 給你的。

• track 025

▶ 勸人冷靜

落ちついて。
o.chi.tsu.i.te.
冷靜下來。

會 話

A あの人むかつく!
a.no. hi.to.mu.ka.tu.ku.
那個人真令我火大!

B 落ち着いて、どうしたの?
o.chi.tsu.i.te./do.u.shi.ta.no.
冷靜下來,怎麼了嗎?

同 義

落ち着いてください。
o.chi.tsu.i.te.ku.da.sa.i.
請冷靜一下!

愛ちゃん、落ち着きなさい。.
a.i.cha.n./o.chi.tsu.ki.na.sa.i.
小愛,請安靜下來。

• track 026

▶ **勸人放輕鬆**

気にするな。

ki.ni.su.ru.na.

別在意！

會話

Ⓐ あぁ、また失敗しちゃった。

a.a./ma.ta.shi.ppa.i.shi.cha.tta.

唉，又失敗了。

Ⓑ 頑張ればきっとできるから、気にするな。

ga.n.ba.re.ba.ki.tto.de.ki.ru.ka.ra./ki.ni.su.ru.na.

只要努力一定有成功的一天，別在意！

同義

気にしないでください。

ki.ni.shi.na.i.de.ku.da.sa.i.

別在意！

大丈夫だよ。

da.i.jo.u.bu.da.yo.

不要擔心！

• track 027

▶ 鼓勵

元気を出して。
ge.n.ki.o.da.shi.te.

打起精神來！

會話

A 皆、元気を出して一緒に頑張りましょう!
mi.na./ge.n.ki.o.da.shi.te./i.ssho.ni.ga.n.ba.ri.
ma.sho.u.

打起精神，大家一起努力吧！

B はい!
ha.i.

好！

同義

元気を出してください。
ge.n.ki.o.da.shi.te.ku.da.sa.i.

請打起精神。

きっと大丈夫だよ。
ki.tto.da.i.jo.u.bu.da.yo.

一定沒問題的。

胸を張って。
mu.ne.o.ha.tte.

拿出自信來。

• track 028

▶ 單獨相處

ちょっといい？
cho.tto.i.i.

我能不能跟你單獨相處一會兒？

會話

Ⓐ ちょっといい？

cho.tto.i.i.

我能不能跟你單獨相處一會兒？

Ⓑ うん、何？

u.n./na.n.de.su.ka.

好啊，有什麼事嗎？

同義

ちょっといい？

cho.tto.i.i.

我可以和你談一談嗎？

今、大丈夫ですか？

i.ma./da.i.jo.u.bu.de.su.ka.

我可以佔用你一點時間嗎？

• track 029

▶ 單獨談話

今、大丈夫ですか？
いま　だいじょうぶ

i.ma./da.i.jo.u.bu.de.su.ka.

現在有空嗎？

會 話

A 関口さん、今、大丈夫ですか？
せきぐち　いま　だいじょうぶ

se.ki.gu.chi.sa.n./i.ma./da.i.jo.u.bu.de.su.ka.

關口先生，現在有空嗎？

B はい、何ですか？
なん

ha.i./na.n.de.su.ka.

好的，有什事嗎？

A 実は相談したいことがあるんですが。
じつ　そうだん

ji.tsu.ha./so.u.da.n.shi.ta.i.ko.to.ga./a.ru.n.de.
su.ga.

是這樣的，我有事要和你談一談。

同 義

ちょっといい？

cho.tto.i.i.

我能和您談一談？

- -

今、忙しいですか？
いま　いそが

i.ma./i.so.ga.shi.i.de.su.ka.

你現在忙嗎？

- -

• track 030

▶ **不會耽擱太久**

お時間は取らせません。

o.ji.ka.n.wa./to.ra.se.ma.se.n.

不會耽誤你太久。

會話

Ⓐ 申し込みするのは時間がかかりますか？

mo.u.shi.ko.mi.su.ru.no.wa./ji.ka.n.ga.ka.ka.ri.
ma.su.ka.

申請這個會很花時間嗎？

Ⓑ いいえ、申込書を書くだけです。お時間は
取らせません。

i.i.e./mo.u.shi.ko.mi.sho.o./ka.ku.da.ke.de.su./o.
ji.ka.n.wa./to.ra.se.ma.se.n.

不，只要填寫申請書而已，不會耽誤你太
久。

同 義

すぐできます。
su.gu.de.ki.ma.su.
很快就會好的！

反 義

お待たせしました。
o.ma.ta.se.shi.ma.shi.ta.
讓你久等了。

• track 031

▶ 改變話題

ところで。
to.ko.ro.de.

對了。

會話

Ⓐ こちらは会議の資料です。

ko.chi.ra.wa./ka.i.gi.no.shi.ryo.u.de.su.

這是會議的資料。

Ⓑ はい、分かりました。ところで、山田会社の件、もうできましたか？

ha.i./wa.ka.ri.ma.shi.ta./to.ko.ro.de./ya.ma.da.ga.i.sha.no.ke.n./mo.u.de.ki.ma.shi.ta.ka.

好的。對了，山田公司的案子完成了嗎？

同義

さて。
sa.te.
那麼。

そんなことより。
so.n.na.ko.to.yo.ri.
比起這件事。（還有別的事更重要）

• track 032

▶ 道賀

おめでとう！

o.me.de.to.u.

恭喜！

會話

Ⓐ 東京大学に合格しました！

to.u.kyo.u.da.i.ga.ku.ni./go.u.ka.ku.shi.ma.shi.ta.

我考上東京大學了！

Ⓑ 本当ですか？おめでとう！

ho.n.to.u.de.su.ka./o.me.de.to.o.

真的嗎？恭喜你了。

同義

お誕生日おめでとうございます。

o.ta.n.jo.u.bi./o.me.de.to.u.go.za.i.ma.su.

生日快樂。

結婚おめでとうございます。

ke.kko.n./o.me.de.to.u.go.za.i.ma.su.

新婚快樂。

• track 033

▶ 尋求幫助

手を貸して。

te.o.ka.shi.te.

幫我一下。

會話

Ⓐ ちょっと、手を貸して。

cho.tto./te.o.ka.shi.te.

你能幫我一個忙嗎？

Ⓑ うん、何？

u.n./na.ni.

好啊，什麼事？

Ⓐ これ、重いから、持ってくれない？

ko.re./o.mo.i.ka.ra./mo.tte.ku.re.na.i.

這有點重，可以幫我拿嗎？

同義

手伝ってくれませんか？

te.tsu.da.tte.ku.re.ma.se.n.ka.

可以幫忙我一下嗎？

- -

すみません。写真を撮ってくれませんか？

su.mi.ma.se.n./sha.shi.n.o.to.tte.ku.re.ma.se.n.ka.

不好意思，可以幫我拍照嗎？

• track 034

▶ 是否需要幫助

お手伝いしましょうか？

o.te.tsu.da.i.shi.ma.sho.u.ka.

需要我效勞嗎？

會話

Ⓐ お手伝いしましょうか？
o.te.tsu.da.i.shi.ma.sho.u.ka.
需要我效勞嗎？

Ⓑ いいえ、大丈夫です。
i.i.e./da.i.jo.u.bu.de.su.
不用了，我可以的。

Ⓐ ご遠慮なく。
go.e.n.ryo.na.ku.
別客氣了。

Ⓑ いいですか？ありがとうございます。
i.i.de.su.ka./a.ri.ga.to.u.go.za.i.ma.su.
這樣嗎？那就謝謝你了。

同義

何をしてあげようか？
na.ni.o.shi.te.a.ge.yo.u.ka.
我能為你做什麼？

• track 035

▶ 清楚表達

分かりましたか？

wa.ka.ri.ma.shi.ta.ka.

懂了嗎？

會話

A 質問があったら、必ず手を上げてください。
分かりましたか？

shi.tsu.mo.n.ga.a.tta.ra./ka.na.ra.zu.te.o.a.ge.te.
ku.da.sa.i./wa.ka.ri.ma.shi.ta.ka.

有問題的話，記得一定要舉手，懂了嗎？

B はい。

ha.i.

是的，老師。

同義

分かった？

wa.ka.tta.

夠清楚嗎？

質問ありますか？

shi.tsu.mo.n./a.ri.ma.su.ka.

有問題嗎？

• track 036

▶ 有能力處理

結構です。
けっこう

ke.kko.u.de.su.

不必麻煩！

會話

Ⓐ 駅まで送りましょうか？
えき　　　おく

e.ki.ma.de.o.ku.ri.ma.sho.u.ka.

我送你到車站吧！

Ⓑ 結構です。
けっこう

ke.kko.u.de.su.

不必麻煩！

同義

いいです。

i.i.de.su.

不用了。

ご心配なく。
しんぱい

go.shi.n.pa.i.na.ku.

不要擔心我。

• track 037

▶ 被嘲笑

からかわれてしまった。
ka.ra.ka.wa.re.te.shi.ma.tta.
他們嘲笑我。

會話

A 昨日駅で転んじゃって、友達にからかわれてしまった。恥ずかしかった！

ki.no.u./e.ki.de.ko.ro.n.ja.tte./to.mo.da.chi.ni.
ka.ra.ka.wa.re.te.shi.ma.tta./ha.zu.ka.shi.ka.tta.

昨天在車站跌倒，被朋友嘲笑了。好丟臉！

B へえ、かわいそう。

he.e./ka.wa.i.so.u.

好可憐喔！

相關

茶化すなよ。

cha.ka.su.na.yo.

不要嘲笑我！

笑うな。

wa.ra.u.na.

別笑！

----

66 ▶

▶ **被輕視**

ばかにするな！
ba.ka.ni.su.ru.na.
別看不起人！

會話

A 何でにやにや笑ってるんだ？ばかにするな！
na.n.de.ni.ya.ni.ya./wa.ra.tte.ru.n.da./ba.ka.ni.
su.ru.na.

幹嘛露出那麼賊的笑容？別看不起人喔！

B そんなことないよ、友達だろう？
so.n.na.ko.to.na.i.yo./to.mo.da.chi.da.ro.u.

才沒有呢！我們是朋友不是嗎？

同義

からかって笑うな！
ka.ra.ka.tte.wa.ra.u.na.

別嘲笑我！

なめんなよ。
na.me.n.na.yo.

別瞧不起人！

• track 039

▶ 不必客氣

どういたしまして。
do.u.i.ta.shi.ma.shi.te.
不客氣！

會 話

A ありがとうございます。助かりました。
a.ri.ga.to.u.go.za.i.ma.su.ta.su.ka.ri.ma.shi.ta.
謝謝你。你真的幫了大忙！

B どういたしまして。
do.u.i.ta.shi.ma.shi.te.
不必客氣。

同 義

いいえ。
i.i.e.
不必客氣！

ほんのついでだよ。
ho.n.no.tsu.i.de.da.yo.
只是舉手之勞啦！

• track 040

▶ 不在意

き
気にしないで。
ki.ni.shi.na.i.de.
不要在意。

會話

A 今日はどこにも連れていけなくてごめんね。

kyo.u.ha./do.ko.ni.mo.tsu.re.te.i.ke.na.ku.te./go.me.n.ne.

今天哪兒都沒能帶你去，對不起。

B 大丈夫だよ、気にしないで。

da.i.jo.u.bu.da.yo./ki.ni.shi.na.i.de.

沒關係啦！別在意！

同義

構わないで。
ka.ma.wa.na.i.de.

別在意。

- -

ドンマイ。
do.n.ma.i.

沒關係！

• track 041

▶ 放棄

> # まあ、いっか。
> ma.a./i.kka.
> 算了。

會話

Ⓐ あれ？鍵がない！

a.re./ka.gi.ga.na.i.

啊，鑰匙忘了帶！

Ⓑ えっ！どうする？戻るか？

e./do.u.su.ru./mo.do.ru.ka.

那怎麼辦？回去拿嗎？

Ⓐ まあ、いっか。なくても大丈夫だ。行こうか。

ma.a./i.kka./na.ku.te.mo.da.i.jo.u.bu.da./i.ko.u. ka.

算了，沒有也不要緊，走吧！

同義

平気です。

he.i.ki.de.su.

沒關係。

かまわない。

ka.ma.wa.na.i.

我不在乎！

▶ 不用放心上

へいきへいき
平気平気。
he.i.ki.he.i.ki.
沒關係。

會 話

Ⓐ 約束忘れちゃってごめんね。
ya.ku.so.ku.wa.su.re.cha.tte./go.me.n.ne.
對不起，我失約了。

Ⓑ ううん、平気平気。気にしないで。
u.u.n./he.i.ki.he.i.ki./ki.ni.shi.na.i.de.
沒關係啦，別在意。

Ⓐ 本当にごめんね。
ho.n.to.u.ni.go.me.n.ne.
真的對不起。

同 義

ぜんぜん大丈夫です。
ze.n.ze.n.da.i.jo.u.bu.de.su.
我一點也不在意！

• track 043

▶ 凡事看開些

がっかりするなよ。

ga.kka.ri.su.ru.na.yo.

看開一點！

會 話

A ああ、彼女(かのじょ)にふられるとは思(おも)わなかった。

a.a./ka.no.jo.ni.fu.ra.re.ru.to.wa./o.mo.wa.na.ka.tta.

沒想到會被女朋友給甩了！

B がっかりするなよ、人生(じんせい)ってそんなもんではないでしょう？

ga.kka.ri.su.ru.na.yo./ji.n.se.i.tte./so.n.na.mo.n.de.wa.na.i.de.sho.u.

看開一點吧，人生不是只有戀愛吧？

同 義

ほっといて。

ho.tto.i.te.

就讓它過去吧！

気(き)にするな。

ki.ni.su.ru.na.

放輕鬆點！

• track 044

▶ **不必擔心**

しんぱい
心配しないで。

shi.n.pa.i.shi.na.i.de.

不用擔心！

會話

A あの子、大学に合格できるかな。

a.no.ko./da.i.ga.ku.ni.go.u.ka.ku.de.ki.ru.ka.na.

那孩子考得上大學嗎？

B もう大人なんだから、心配しないで。

mo.u.o.to.na.na.n.da.ka.ra./shi.n.pa.i.shi.na.i.
de.

她已經是個大人了。不用擔心！

同義

ご心配なく。

go.shi.n.pa.i.na.ku.

不要擔心。

くよくよしないで。

ku.yo.ku.yo.shi.na.i.de.

別煩惱了。

• track 045

▶ 開車接送

車で送りましょうか？
ku.ru.ma.de./o.ku.ri.ma.sho.u.ka.

讓我載你回家。

會話

Ⓐ もう帰りましょうか？

mo.u.ka.e.ri.ma.sho.u.ka.

要回去了嗎？

Ⓑ はい、五時までに家に帰らないと。

ha.i./go.ji.ma.de.ni./u.chi.ni.ka.e.ra.na.i.to.

是啊，我要在五點前到家。

Ⓐ じゃあ、車で送りましょうか？

ja.a./ku.ru.ma.de./o.ku.ri.ma.sho.u.ka.

那要不要我開車送你？

相關

家まで送りましょうか？

i.e.ma.de.o.ku.ri.ma.sho.u.ka.

你需不需要我載你回家啊？

- -

ついでに送ってくれませんか？

tsu.i.de.ni./o.ku.tte.ku.re.ma.se.n.ka.

可不可以順便載我回家？

- -

• track 046

▶ 表白

好^すきです。

su.ki.de.su.

我愛上你了！

會 話

Ⓐ こんな時間^{じかん}に電話^{でんわ}して、何^{なに}かありましたか？

ko.n.na.ji.ka.n.ni.de.n.wa.shi.te./na.ni.ka.a.ri.
ma.shi.ta.ka.

這種時間打來，有什麼事嗎？

Ⓑ 実^{じつ}は、律子^{りつこ}さんのことが好^すきです。付^つき合^あっ
てください！

ji.tsu.wa./ri.tsu.ko.sa.n.no.ko.to.ga./su.ki.de.su./
tsu.ki.a.tte.ku.da.sa.i.

其實我……我喜歡律子小姐。請和我交往！

同 義

愛^{あい}してる。

a.i.shi.te.ru.

我愛你。

一目惚^{ひとめぼ}れ。

hi.to.me.bo.re.

一見鍾情。

• track 047

▶ 別鬧了

> **うそ！**
> u.so.
> 騙人！

會話

A 春日さんが離婚するそうだ。
ka.su.ga.sa.n.ga./ri.ko.n.su.ru.so.u.da.
春日先生好像要離婚了。

B うそ！
u.so.
騙人！

同義

マジで？
ma.ji.de.
真的嗎？

うそでしょう？
u.so.de.sho.u.
你在開玩笑吧？

• track 048

▶ 別來這套

いい加減にしなさい。
か げ ん

i.i.ka.ge.n.ni.shi.na.sa.i.

適可而止！

會話

Ⓐ アイス、もっと食べたいなあ。
た

a.i.su./mo.tto.ta.be.ta.i.na.a.

好想再多吃一些冰棒喔！

Ⓑ いい加減にしなさい！食べ過ぎだよ。
か げ ん **た す**

i.i.ka.ge.n.ni.shi.na.sa.i./ta.be.su.gi.da.yo.

適可而止吧！你已經吃太多了。

相關

ばか言うな！
ba.ka.i.u.na.
別說蠢話了！

信じられない！
しん
shi.n.ji.ra.re.na.i.
真不敢相信！

どういうこと？
do.u.i.u.ko.to.
你這是什麼意思？

▶ 催促

早はやく！

ha.ya.ku.

快一點！

會話

A もうこんな時間じかんだ!早はやく!

mo.u.ko.n.na.ji.ka.n.da./ha.ya.ku.

已經這麼晚了！快點！

B まだ余裕よゆうだろう?

ma.da.yo.yu.u.da.ro.u.

現在還很早吧？

A 余裕よゆう?もう十時じゅうじだよ!

yo.yu.u./mo.u.ju.u.ji.da.yo.

還早？現在十點了！

同義

早はやく行いけ！

ha.ya.ku.i.ke.

快去！

急いそいで！

i.so.i.de.

快一點！

• track 050

▶ 了不起

かっこういい！
ka.kko.i.i.
真酷！

會 話

Ⓐ 見て！新しい携帯。
mi.te./a.ta.ra.shi.i.ke.i.ta.i.
看！我的新手機。

Ⓑ うわ、かっこういい！どこで買ったの？
u.wa./ka.kko.i.i./do.ko.de.ka.tta.no.
真酷！在哪買的？

Ⓐ 母からもらったんだ。
ha.ha.ka.ra.mo.ra.tta.n.da.
我媽送我的。

同 義

素敵！
su.te.ki.
真酷！

凄い！
su.go.i.
那真是了不起！

▶ 打賭

絶対（ぜったい）そうだ。

ze.tta.i.so.u.da.

一定是這樣！

會話

Ⓐ 田中（たなか）さん、彼女（かのじょ）に振（ふ）られたそうだ。

ta.na.ka.sa.n./ka.no.jo.ni.fu.ra.re.ta.so.u.da.

田中先生好像被女友甩了。

Ⓑ うっそー！

u.sso.o.

怎麼可能！

Ⓐ 絶対（ぜったい）そうだ。昨日（きのう）彼（かれ）が泣（な）きながら電話（でんわ）したのを見（み）たんだ。

ze.tta.i.so.u.da./ki.no.u./ka.re.ga.na.ki.na.ga.ra./de.n.wa.shi.ta.no.o.mi.ta.n.da.

一定是這樣，我看到他昨天邊哭邊講電話。

同義

きっと。

ki.tto.

一定是。

賭（か）けてもいい、きっとそうだ。

ka.ke.te.mo.i.i./ki.tto.so.u.da.

我敢打賭一定是這樣。

● track 052

▶ 仰賴

お願いします。
o.ne.ga.i.shi.ma.su.

拜託你了。

會話

Ⓐ この資料を田中さんのところに送ってください。

ko.no.shi.ryo.u.o./ta.na.ka.sa.n.no.to.ko.ro.ni./
o.ku.tte.ku.da.sa.i.

這份資料請送到田中先生那兒。

Ⓑ はい、分かりました。

ha.i./wa.ka.ri.ma.shi.ta.

好的。

同義

頼む！
ta.no.mu.

求你！

これからも頼りにしてるよ！
ko.re.ka.ra.mo./ta.yo.ri.ni.shi.te.ru.yo.

以後也要麻煩你了！

▶ 状況不明

> # まだ分かりません。
>
> ma.da.wa.ka.ri.ma.se.n.
>
> 目前還不清楚。

會話

Ⓐ どうするつもりですか?

do.u.su.ru.tsu.mo.ri.de.su.ka.

你打算怎麼作?

Ⓑ まだ分かりません。

ma.da.wa.ka.ri.ma.se.n.

目前還不知道。

相關

状況によって。

jo.u.kyo.u.ni.yo.tte.

視情況而定。

- -

あなた次第だ。

a.na.ta.shi.da.i.da.

讓你決定吧!

● track 054

► 不要再繼續

もういい！
mo.u.i.i.
夠了！

會 話

A ごめん。携帯を忘れちゃって連絡できなかった。

go.me.n./ke.i.ta.i.o.wa.su.re.cha.tte./re.n.ra.ku.de.ki.na.ka.tta.

對不起，我忘了帶手機，所以沒辦法和你聯絡。

B またかよ!もういい!

ma.ta.ka.yo./mo.u.i.i.

又來了！夠了！

同 義

もう！
mo.u.
夠了。

ひどい！
hi.do.i.
真過份！

▶ 讓路

あのう、すみません。

a.no.u./su.mi.ma.se.n.

借過。

會話

A あのう、すみません。

a.no.u./su.mi.ma.se.n.

借過。

B あっ、どうぞ。

a./do.u.zo.

喔，請。

同義

ごめんなさい。

go.me.n.na.sa.i.

對不起。

あのう。

a.no.u.

呃……不好意思。

• track 056

▶ **不准動**

> # 動くな！
>
> u.go.ku.na.
>
> 別動！

會話

Ⓐ 動くな！手を上げて！

u.go.ku.na./te.o.a.ge.te.

別動，手舉起來！

Ⓑ はい。

ha.i.

好。

同義

そのまま動くな。

so.no.ma.ma.u.go.ku.na.

就這樣不准動！

ここで待ってください。

ko.ko.de.ma.tte.ku.da.sa.i.

請在原地等待。

• track 057

▶ 提醒

> # 気をつけてください。
>
> ki.o.tsu.ke.te.ku.da.sa.i.
>
> 請小心！

會話

Ⓐ じゃ、そろそろ帰ります。

ja./so.ro.so.ro.ka.e.ri.ma.su.

那麼，我要回去了。

Ⓑ 暗いから気をつけてください。

ku.ra.i.ka.ra./ki.o.tsu.ke.te.ku.da.sa.i.

天色很暗，請小心。

Ⓐ はい、ありがとう。また明日。

ha.i./a.ri.ga.to.u./ma.ta.a.shi.ta.

好的，謝謝。明天見。

相關

どうぞお大事に。

do.u.zo.o.da.i.ji.ni.

請多保重。(用於探病)

• track 058

▶ 好主意

いいですね。
i.i.de.su.ne.
好主意！

會話

Ⓐ 例のイタリアレストランに行きませんか？
re.i.no.i.ta.ri.a.re.su.to.ra.n.ni./i.ki.ma.se.n.ka.
要不要去常去的那家義大利餐廳？

Ⓑ いいですね。
i.i.de.su.ne.
好主意！

同義

いいアイディアみたいだね。
i.i.a.i.di.a.mi.ta.i.da.ne.
這主意聽起來不錯！

面白そう！
o.mo.shi.ro.so.u.
好像很有趣。

87

• track 059

▶ 要價多少

いくらですか？
i.ku.ra.de.su.ka.

多少錢？

會話

Ⓐ これ、いくらですか？

ko.re./i.ku.ra.de.su.ka.

這個要多少錢？

Ⓑ 1300円です。

se.n.sa.n.ppya.ku.e.n.de.su.

1300日圓。

Ⓐ じゃ、これをください。

ja./ko.re.o.ku.da.sa.i.

那麼，請給我這個。

同義

お値段は？

o.ne.da.n.wa.

價錢是？

• track 060

▶ 決定要買

> **これをください。**
> ko.re.o.ku.da.sa.i.
> 我決定要買了。

會話

Ⓐ こちらのスカートはどうですか?
ko.chi.ra.no.su.ka.a.to.wa./do.u.de.su.ka.
這件裙子如何呢?

Ⓑ いいですね。じゃ、これをください。
i.i.de.su.ne./ja./ko.re.o.ku.da.sa.i.
看起來不錯!我買這一件。

同義

> これにしようっと。
> ko.re.ni.shi.yo.u.tto.
> 我想要買這個。

> これにする。
> ko.re.ni.su.ru.
> 就買這個。

▶ **見怪不怪**

そういうこともあるよ。

so.u.i.u.ko.to.mo.a.ru.yo.

常有的事。

會話

Ⓐ 見て、あの人、ダンボールを齧ってる!
mi.te./a.no.hi.to./da.n.bo.o.ru.o./ka.ji.tte.ru.

你看！那個人在啃紙箱耶！

Ⓑ 本当だ!でも、たまにそういうこともあるよ。
ho.n.to.u.da./de.mo./ta.ma.ni./so.i.u.ko.to.mo.a.ru.yo.

真的耶！不過，這種事偶爾也是會有的。

同義

いつものことだ。
i.tsu.mo.no.ko.to.da.

常有的事。

珍しくない。
me.zu.ra.shi.ku.na.i.

這沒什麼大不了！

• track 062

▶ 問候

こんにちは。
ko.n.ni.chi.wa.
你好。

會話

A こんにちは。
ko.n.ni.chi.wa.
你好。

B こんにちは。お出かけですか？
ko.n.ni.chi.wa./o.de.ka.ke.de.su.ka.
你好。要出門嗎？

同義

おはようございます。
o.ha.yo.u.go.za.i.ma.su.
早安。

こんばんは。
ko.n.ba.n.wa.
晚安。

どうも。
do.u.mo.
你好。

• track 063

▶ 為什麼

どうしたんですか？
do.u.shi.ta.n.de.su.ka.

怎麼了？

會話

Ⓐ 朝からため息ばっかりしていて、どうしたんですか？

a.sa.ka.ra./ta.me.i.ki.ba.kka.ri.shi.te.i.te./do.u.shi.ta.n.de.su.ka.

從早上開始就一直嘆氣，你怎麼了？

Ⓑ 今朝電車に宿題を忘れてしまったんです。

ke.sa./de.n.sha.ni./shu.ku.da.i.o.wa.su.re.te.shi.ma.tta.n.de.su.

早上我把作業忘在電車裡了。

Ⓐ あらっ、それは大変です。

a.ra./so.re.wa./ta.i.he.n.de.su.

那真是太糟了！

同義

何がありましたか？

na.ni.ga.a.ri.ma.shi.ta.ka.

發生了什麼事嗎？

• track 064

▶ 感覺如何

どうでしたか？

do.u.de.shi.ta.ka.

如何？

會話

Ⓐ 北海道はどうでしたか？

ho.kka.i.do.u.wa./do.u.de.shi.ta.ka.

北海道的旅行怎麼樣呢？

Ⓑ 景色もきれいだし、食べ物もおいしいし、楽しかったです。

ke.shi.ki.mo.ki.re.i.da.shi./ta.be.mo.no.mo.o.i.shi.i.si/ta.no.shi.ka.tta.de.su.

風景很漂亮，食物也很好吃，玩得很開心。

Ⓐ そうですか。うらやましいです。

so.u.de.su.ka./u.ra.ya.ma.shi.i.de.su.

是嗎，真是令人羨慕呢！

同義

どうだった？

do.u.da.tta.

如何？

• track 065

▶ 近況

最近^{さいきん}はどうでしたか？

sa.i.ki.n.wa./do.u.de.shi.ta.ka.

近來如何？

會 話

A 久^{ひさ}しぶりです。

hi.sa.shi.bu.ri.de.su.

好久不見了。

B あらっ、田中^{たなか}さん、久^{ひさ}しぶりです。最近^{さいきん}はどうでしたか？

a.ra./ta.na.ka.sa.n./hi.sa.shi.bu.ri.de.su./sa.ki.n.wa./do.u.de.shi.ta.ka.

啊，田中先生，好久不見了。近來如何？

同 義

元気^{げんき}ですか？

ge.n.ki.de.su.ka.

近來好嗎？

どうだった？

do.u.da.tta.

有什麼新鮮事？

● track 066

▶ **今天過得如何**

今日はどうだった？

kyo.u.wa./do.u.da.tta.

你今天過得如何？

會話

Ⓐ ただいま。
ta.da.i.ma.
我回來了。

Ⓑ おかえり。今日はどうだった？
o.ka.e.ri./kyo.u.wa./do.u.da.tta.
歡迎回家。今天過得如何？

Ⓐ テストで満点を取った！
te.su.to.de.ma.n.de.n.o.to.tta.
我考試拿了滿分喔！

Ⓑ あらっ、素晴らしい！よくできたね。
a.ra./su.ba.ra.shi.i./yo.ku.de.ki.ta.ne.
哇，真棒！做得很好。

同義

仕事はどうだった？
shi.go.to.wa./do.u.da.tta.
工作順利嗎？

• track 067

▶ **受寵若驚**

褒めてくれてありがとう。

ho.me.te.ku.re.te./a.ri.ga.to.u.

謝謝稱讚。

會話

Ⓐ 今日も綺麗だね。

kyo.u.mo.ki.re.i.da.ne.

你今天也很漂亮。

Ⓑ 嬉しい!褒めてくれてありがとう。

u.re.shi.i./ho.me.te.ku.re.te./a.ri.ga.to.u.

好開心啊!謝謝你稱讚我。

同義

光栄です。

ko.u.e.i.de.su.

深感榮幸。

うそでも嬉しい。

u.so.de.mo.u.re.shi.i.

(是謊言也沒關係)我很開心。

とんでもないです。

to.n.de.mo.na.i.de.su.

不敢當。

• track 068

▶ 同感

私もそう思う。

wa.ta.shi.mo.so.u.o.mo.u.

我也這麼覺得。

會話

A 犯人は大橋に違いない！

ha.n.ni.n.wa./o.o.ha.shi.ni.chi.ga.i.na.i.

犯人一定就是大橋。

B 私もそう思う。

wa.ta.shi.mo.so.u.o.mo.u.

我也這麼覺得。

同義

そうですね。

so.u.de.su.ne.

就是啊。

そうそう。

so.u.so.u.

對！對！

• track 069

▶ 拒絕透露

教えない。
o.shi.e.na.i.

不告訴你。

Ⓐ さっき誰と会った？何を話した？

sa.kki.da.re.to.a.tta./na.ni.o.ha.na.shi.ta.

你剛剛和誰見面？說了些什麼？

Ⓑ 教えない。

o.shi.e.na.i.

不告訴你！

同義

秘密です。

hi.mi.tsu.de.su.

這是祕密。

- -

何も言いません。

na.ni.mo.i.i.ma.se.n.

我什麼都不會說的。

- -

内緒です。

na.i.sho.de.su.

不能説。

- -

• track 070

▶ 不順利

うまくいかない。
u.ma.ku.i.ka.na.i.
進行得不順利。

會話

Ⓐ どうしたの？元気がなさそうだ。

do.u.shi.ta.no./ge.ki.ga./na.sa.so.u.da.

你怎麼了？看起來很沒精神耶！

Ⓑ 仕事がうまくいかないなあ。

shi.go.to.ga./u.ma.ku.i.ka.na.i.na.a.

工作進行得不順利。

Ⓐ 元気を出して、雅夫ならきっと大丈夫だ。

ge.n.ki.o./da.shi.te./ma.sa.o.na.ra./ki.tto.da.jo.u.bu.da.

打起精神來，雅夫你一定沒問題的。

同義

ついていないなあ。

tsu.i.te.i.na.i.na.a

真不走運。

• track 071

▶ 嚴肅對待

> **本気だ。**
> ほんき
> ho.n.ki.da.
> 我是認真的！

會話

Ⓐ 来年東大を受けるつもりだ。
らいねんとうだい　う
ra.i.ne.n./to.u.da.i.o./u.ke.ru.tsu.mo.ri.da.
我打算明年報考東大。

Ⓑ うそでしょう?
u.so.de.sho.u.
騙人的吧。

Ⓐ ううん。本気だ。絶対合格するぞ。
ほんき　ぜったいごうかく
u.u.n./ho.n.ki.da./za.tta.i.go.u.ka.ku.su.ru.zo.
不，我是認真的。一定要考上！

同義

冗談じゃない。
じょうだん
jo.u.da.n.ja.na.i.
我不是開玩笑的。

• track 072

▶ **懷疑真實性**

冗談でしょう？
じょうだん
jo.u.da.n.de.sho.u.
你在開玩笑吧？

會話

A この仕事をやめます！
し ごと
ko.no.shi.go.to.o./ya.me.ma.su.
我決定要辭職了。

B こんな不況なのに、冗談でしょう？
ふ きょう　　　　　じょうだん
ko.n.na.fu.kyo.u.na.no.ni./jo.u.da.n.de.sho.u.
這麼不景氣，你不是當真的吧？

同 義

本気ですか？
ほんき
ho.n.ki.de.su.ka.
你是認真的嗎？

うそ！
u.so.
不可能！

• track 073

▶ 警告

> # ふざけんな!
> fu.za.ke.n.na.
> 別開玩笑了!

會話

A この消しゴム、食べてみて?

ko.no.ke.shi.go.mu./ta.be.te.mi.te.

你吃吃看這個橡皮擦。

B 消しゴムは食べるもんか!ふざけんな!

ke.shi.go.mu.wa./ta.be.ru.mo.n.ka./fu.za.ke.n.na.

橡皮擦能吃嗎!少開玩笑了!

同義

まじめにしろ。

ma.ji.me.in.shi.ro.

認真點!

冗談はやめて。

jo.u.da.n.wa.ya.me.te.

別開玩笑了。

• track 074

▶ 並非故意

そういうつもりはありません。

so.u.i.u.tsu.mo.ri.wa./a.ri.ma.se.n.

我不是故意的。

會話

Ⓐ どうしてそんなひどいことをしましたか?

do.u.shi.te./so.n.na.hi.do.i.ko.to.o./shi.ma.shi.
ta.ka.

為什麼要做這麼過份的事?

Ⓑ すみません、そういうつもりはなかったんです
が、つい...。

su.mi.ma.se.n./so.u.i.u.tsu.mo.ri.wa.na.ka.tta.n.
de.su.ga./tsu.i.

抱歉,我不是故意的,一不小心就……。

同義

そういうつもりはない。
so.u.i.u.tsu.mo.ri.wa./na.i.
那不是我的意思。

するつもりはない。.
su.ru.tsu.mo.ri.wa./na.i.
我不是那個意思。

• track 075

▶ 不確定

断言できません。
da.n.ge.n.de.ki.ma.se.n.

不能斷言。

會話

A 地獄や天国って存在しないって断言できませんよね。

ji.go.ku.ya.te.n.go.ku.tte./so.n.za.i.shi.na.i.tte./da.n.ge.n.de.ki.ma.se.n.yo.ne.

你也不能判斷地獄或天堂是否不存在,是吧?

B まあ、そうですね。

ma.a./so.u.de.su.ne.

可以這麼説。

同義

はっきり言えません。
ha.kki.ri.i.e.ma.se.n.

我不太確定。

よく分からない。
yo.ku.wa.ka.ra.na.i.

我不太清楚。

• track 076

▶ **不知道**

> **さあ。**
> sa.a.
> 我不知道。

會 話

Ⓐ 幸子ちゃんはどこへ行ったの？
sa.chi.ko.cha.n.wa./do.ko.e./i.tta.no.
你知道幸子去哪裡了嗎？

Ⓑ さあ。
sa.a.
我不知道。

同 義

分かりません。
wa.ka.ri.ma.se.n.
我不知道這件事。

よく分からない。
yo.ku.wa.ka.ra.na.i.
我不太清楚。

▶ 不明白

理解できません。
り か い

ri.ka.i.de.ki.ma.se.n.

我還是不明白！

會 話

Ａ こちらは今年の人気商品です。
ことし にんきしょうひん

ko.chi.ra.wa./ko.to.shi.no./ni.n.ki.sho.u.hi.n.de.
su.

這是今年的熱門商品。

Ｂ うん…生キャラメルの人気がちょっと理解で
なま にんき りかい
きませんね。

u.n./na.ma.kya.ra.me.ru.no.ni.n.ki.ga./cho.tto.ri.
ka.i.de.ki.ma.se.n.ne.

嗯……我實在不明白為什麼大家都喜歡吃牛
奶糖。

同 義

理解できない。
りかい

ri.ka.i.de.ki.na.i.

我不明白。

理解不能。
りかいふのう

ri.ka.i.fu.no.u.

我不明白。

▶ 一無所知

何も分かりません。

na.ni.mo.wa.ka.ri.ma.se.n.

我一無所知！

會話

A 私のパソコンを使ったのは誰？

wa.ta.shi.no.pa.so.ko.n.o./tsu.ka.tta.no.wa./da.re.

誰用了我的電腦？

B 私は帰ったばかりで、何も分かりません。

wa.ta.shi.wa./ka.e.tta.ba.ka.ri.de./na.ni.mo.wa.
ka.ri.ma.se.n.

我才剛回來，什麼都不知道。

C すみません、私です。

su.mi.ma.se.n./wa.ta.shi.te.su.

對不起，是我。

同義

私には関係ない。

wa.ta.shi.ni.wa./ka.n.ke.i.na.i.

和我無關。

• track 079

▶ 不敢相信

信じられません。

shi.n.ji.ra.re.ma.se.n.

真讓人不敢相信！

會話

A 山下さんが離婚したそうです。

ya.ma.shi.ta.sa.n.ga./ri.ko.n.shi.ta.so.u.de.su.

聽說山下先生離婚了。

B あのやさしい山下さんですか？信じられません！

a.no.ya.sa.shi.i./ya.ma.shi.ta.sa.n.de.su.ka./shi.
n.ji.ra.re.ma.se.n.

那麼體貼的山下先生？真不敢相信！

同義

絶対無理！

ze.tta.i.mu.ri.

不可能！

- -

信じかねます。

shi.n.ji.ka.ne.ma.su.

難以相信。

- -

▶ 不同意

> ### 納得^{なっとく}できません。
>
> na.tto.ku.de.ki.ma.se.n.
>
> 我無法同意。

會 話

Ⓐ これはいいチャンスです。信^{しん}じてください。

ko.re.wa./i.i.cha.n.su.de.su./shi.n.ji.te.ku.da.sa.i.

我認為這是一個好機會。相信我吧。

Ⓑ ちゃんと説明^{せつめい}しないと納得^{なっとく}できません。

cha.n.to./se.tsu.me.i.shi.na.i.to./na.tto.ku.de.ki.
ma.se.n.

你不好好說明的話，我是無法同意的。

同 義

> 賛成^{さんせい}しません。
>
> sa.n.se.i.shi.ma.se.n.
>
> 我不同意你的意見。

反 義

> 賛成^{さんせい}です。
>
> sa.n.se.i.de.su.
>
> 我同意你。

• track 081

▶ 沒有時間

手が離せない。

te.ga.ha.na.se.na.i.

正在忙。

會話

Ⓐ 犬の散歩をしてくれない？

i.nu.no.sa.n.po.o./shi.te.ku.re.na.i.

你可以幫我遛狗嗎？

Ⓑ ごめん、今ちょっと手が離せないから、あとでいい？

go.me.n./i.ma.cho.tto./te.ga/ha.na.se.na.i.ka.ra./a.to.de.i.i.

對不起，我現在正忙，等一下可以嗎？

同義

今はちょっと…。

i.ma.wa./cho.tto.

現在沒辦法。

- -

ちょっと忙しいです。

cho.tto./i.so.ga.shi.i.de.su.

我正在忙。

- -

▶ 解雇

くびになった。
ku.bi.ni.na.tta.
我被炒魷魚了。

會話

Ⓐ 機嫌が悪そうだね。
ki.ge.n.ga./wa.ru.so.u.da.ne.
你看起來心情很不好。

Ⓑ くびにたったんだ!
ku.bi.ni.na.tta.n.da.
我被炒魷魚了。

Ⓐ えっ!どういうこと?
e./do.u.i.u.ko.to.
怎麼回事?

同義

リストラされた。
ri.su.to.ra.sa.re.ta.
我被裁員了。

退職させた。
ta.i.sho.ku.sa.se.ta.
他們把我開除了。

• track 083

▶ 被困住

身動きできません。
mi.u.go.ki./de.ki.ma.se.n.

我被困住了。

會話

Ⓐ すみません、今渋滞にはまってしまって身動き
できませんが。

su.mi.ma.se.n./i.ma.ju.u.ta.i.ni.ha.ma.tte.shi.ma.
tte./mi.u.go.ki./de.ki.ma.se.n.ga

對不起，我遇到塞車被困住了。

Ⓑ また遅刻？今月三回目だよ!

ma.ta.chi.ko.ku./ko.n.ge.tsu./sa.n.ka.i.me.da.yo.

又遲到？這個月已經第三次了！

同義

にっちもさっちもいかない。
ni.cchi.mo.sa.cchi.mo.i.ka.na.i.

進退兩難。

• track 083

▶ 有可能

> **多分**。
> た　ぶ　ん
> ta.bu.n.
> 也許。

會 話

A 彼女はまた怒ってる？
か　の　じょ　　　　　　　　おこ
ka.no.jo.wa./ma.ta.o.ko.tte.ru.
她還在生氣嗎？

B 多分。
た　ぶ　ん
ta.bu.n.
大概吧。

同 義

かもしれない。
ka.mo.shi.re.na.i.
我想是吧！

可能性がある。
か　の　う　せい
ka.no.u.se.i.ga./a.ru.
可能吧！

• track 084

▶ 不可能

ありえない！

a.ri.e.na.i.

不可能的事。

會話

Ⓐ キムは国へ帰るそうだ。

ki.mu.wa./ku.ni.e./ka.e.ru.so.u.da.

聽說金要回國了。

Ⓑ 学期中なのに？ありえない！

ga.kki.chu.u.na.no.ni./a.ri.e.na.i.

現在還是學期中耶，不可能吧！

相關

そんなはずがない。

so.n.na.ha.zu.ga./na.i.

不可能。

無理。

mu.ri.

不可能。

• track 085

▶ 別無選擇

仕方がないなあ。
しかた

shi.ka.ta.ga./na.i.na.a.

沒辦法了。

會話

Ⓐ こんな状況になって、どうしよう?
じょうきょう

ko.n.na.jo.u.kyo.u.ni.na.tte./do.u.shi.yo.u.

搞成這種狀況,怎麼辦?

Ⓑ 仕方がないなあ。謝ろうか。
しかた　　　　　　　あやま

shi.ka.ta.ga./na.i.na.a./a.ya.ma.ro.u.ka.

沒辦法了,只好道歉吧!

同義

どうしようもない。

do.u.shi.yo.u.mo.na.i.

我別無選擇。

やらざるを得ない。
え

ya.ra.za.ru.o./e.na.i.

我別無選擇。

選り好みができない。
え　　この

e.ri.go.no.mi.ga.de.ki.na.i.

別無選擇。

• track 086

▶ 尚未決定

まだ決まっていません。

ma.da./ki.ma.tte.i.ma.se.n.

我還沒有決定。

會話

Ⓐ 連休の過ごし方、もう決まりましたか?

re.n.kyu.u.no.su.go.shi.ka.ta./mo.u./ki.ma.ri.ma.shi.ta.ka.

你已經決定好放連假時要做什麼了嗎?

Ⓑ いいえ、まだ決まっていません。

i.i.e./ma.da.ki.ma.tte.i.ma.se.n.

不,還沒決定。

反義

あなたが決める。

a.na.ta.ga./ki.me.ru.

由你決定!

- - - - - - - - - - - - - - - - - - - -

もう決まりました。

mo.u./ki.ma.ri.ma.shi.ta.

我已經決定了!

• track 087

▶ 下決定

あなた次第だ。

a.na.ta.shi.da.i.da.

由你決定。

會話

A このルビーは本物なのだろうか？

ko.no.ru.bi.i.wa./ho.n.mo.no.na.no.da.ro.u.ka.

這顆紅寶石是真的嗎？

B 信じるか信じないかはあなた次第だ。

shi.n.ji.ru.ka./shi.n.ji.na.i.ka./wa./a.na.ta.shi.da.
i.da.

信不信由你。

同義

あなたが決める。

a.na.ta.ga./ki.me.ru.

由你決定。

相關

価額はお客さん次第です。

ka.ga.ku.wa./o.kya.ku.sa.n.shi.da.i.de.su.

價格是由客人決定的。

• track 088

▶ 離開

そろそろです。

so.ro.so.ro.de.su.

時間差不多了。(該離開了)

會話

Ⓐ そろそろです。

so.ro.so.ro.de.su.

時間差不多了。

Ⓑ あっ、もうこんな時間ですか。

a./mo.u.ko.n.na.ji.ka.n.de.su.ka.

啊！已經這麼晚了。

同義

失礼します。

shi.tsu.re.shi.ma.su.

再見。

- - - - - - - - - - - - - - - - - - - -

行かなくちゃ。

i.ka.na.ku.cha.

不離開不行了。

- - - - - - - - - - - - - - - - - - - -

• track 089

▶ 順從

言うとおりにしよう。

i.u.to.o.ri.ni.shi.yo.u.

就聽你的。

會話

Ⓐ このシャツがいい。こっちにすれば？

ko.no.sha.tsu.ga./i.i./ko.cchi.ni.su.re.ba.

這件襯衫比較好看，就穿這件吧！

Ⓑ 静ちゃんの言うとおりにしよう。

shi.zu.ka.cha.n.no./i.u.to.o.ri.ni.shi.yo.u.

就照小靜你說的。

相關

そうだといいと思います。

so.u.da.to.i.i.to./o.mo.i.ma.su.

要是這樣就好了。

- -

そうならいいですね。

so.u.na.ra.i.i.de.su.ne.

但願如此。

◀ 119

• track 090

▶ 警告

言ったでしょう。

i.tta.de.sho.u.

我警告過你了。

會話

Ⓐ やっぱり彼女に怒られたんだ。

ya.ppa.ri.ka.no.jo.ni./o.ko.ra.re.ta.n.da.

我女友果然生氣了。

Ⓑ ほら、言ったでしょう。

ho.ra./i.tta.de.sho.u.

看吧！我警告過你了。

同義

注意したでしょう。

chu.u.i.shi.ta.de.sho.u.

早就警告過你了。

自分のせいじゃないか！

ji.bu.n.no.se.i.ja.na.i.ka.

是你自己的錯吧！

• track 091

▶ 盡力而為

頑張<ruby>がんば</ruby>ります。

ga.n.ba.ri.ma.su.

我會盡力的！

會話

Ⓐ 希望<ruby>きぼう</ruby>の時間<ruby>じかん</ruby>までにできますか？

ki.bo.u.no.ji.ka.n.ma.de.ni./de.ki.ma.su.ka.

預訂的時間前能完成嗎？

Ⓑ はい、頑張<ruby>がんば</ruby>ります。

ha.i./ga.n.ba.ri.ma.su.

我會盡力。

同義

ベストをつくすぞ！

be.tsu.to.o./tsu.ku.su.zo.

我盡量。

ファイト！

fu.a.i.to.

加油！

◀ 121

▶ 嘗試

> **やってみます。**
> ya.tte.mi.ma.su.
> 我會試試看。

會話

A 自分のやり方でやってみればどうですか？

ji.bu.n.no.ya.ri.ka.ta.de./ya.tte.mi.re.ba./do.u.de.su.ka.

為何不照你自己的方式去做呢？

B はい、やってみます。

ha.i./ya.tte.mi.ma.su.

好的，我試試看。

同義

してみます。

shi.te.mi.ma.su.

我會試試。

チャレンジしてみます。

cha.re.n.ji.shi.te.mi.ma.su.

挑戰看看。

▶ **確實如此**

そうだよ。
so.u.da.yo.
就是說啊！

會話

Ⓐ もっと厳しくないと、将来困るのはこの子だ。
mo.tto.ki.bi.shi.ku.na.i.to./sho.u.ra.i.ko.ma.ru.
no.wa./ko.no.ko.da.
如果不嚴格一點的話，將來痛苦的是這個孩子。

Ⓑ そうだよ。
so.u.da.yo.
就是說啊！

同義

そうですね。
so.u.de.su.ne.
沒錯！

私もそう思う。
wa.ta.shi.mo./so.u.o.mo.u.
我也這麼想。

• track 094

▶ 吆喝參加

一緒に来ませんか？

i.ssho.ni./ki.ma.se.n.ka.

要一起來嗎？

會話

Ⓐ 今日のパーティー、一緒に来ませんか？

kyo.u.no.pa.a.ti.i./i.ssho.ni./ki.ma.se.n.ka.

你要不要參加今天的派對？

Ⓑ いいですよ。何時ですか？

i.i.de.su.yo./na.n.ji.de.su.ka.

好啊，幾點呢？

Ⓐ 七時です。

shi.chi.ji.de.su.

七點。

相關

食事に行きませんか？

sho.ku.ji.ni.i.ki.ma.se.n.ka.

要一起去吃飯嗎？

お茶でも飲みに行かない？

o.cha.de.mo.no.mi.ni.i.ka.na.i.

要不要一起去喝杯茶？

• track 095

▶ 答應加入

わたしも。

wa.ta.shi.mo.

我也要。

會話

Ⓐ 食事に行こうか。

sho.ku.ji.ni.i.ko.u.ka.

去吃飯吧。

Ⓑ うん。

u.n.

好啊。

Ⓒ あっ、待って、わたしも行く。

a./ma.tte./wa.ta.shi.mo.i.ku.

啊，等等我，我也要去。

同義

行きます。

i.ki.ma.su.

我也要參加。/把我算進去。

反義

パス。

pa.su.

我不參加。

• track 096

▶ 懷疑

本当?
ho.n.to.u.

真有那麼回事嗎?

會話

Ⓐ どうして会議に遅れたか?

do.u.shi.te.ka.gi.ni./o.ku.re.ta.ka.

為什麼開會會遲到?

Ⓑ すみません、渋滞にはまってしまいまして。

su.mi.ma.se.n./ju.u.ta.i.ni.ha.ma.tte./shi.ma.i.
ma.shi.te.

對不起,路上塞車。

Ⓐ 本当?言い訳するな!

ho.n.to.u./i.i.wa.ke.su.ru.na.

是嗎?少騙人了。

同義

そうですか?

so.u.de.su.ka.

真是事實嗎?

• track 097

▶ 情況越來越糟

悪くなった。

わる

wa.ru.ku.na.tta.

越來越糟了。

會話

A 今日はどうだった？

きょう

kyo.u.wa./do.u.da.tta.

今天怎麼樣？

B 同僚と喧嘩して、体の調子がさらに悪くなった。

どうりょう けん か　　　　から だ　ちょう し　　　　　わる

do.u.ryo.u.to.ke.n.ka.shi.te./ka.ra.da.no.cho.u.

shi.ga./sa.ra.ni.wa.ru.ku.na.tta.

和同事吵架，害得我身體狀況更糟了。

同義

大変です。

たいへん

ta.i.he.n.de.su.

真糟糕！

相關

大変なことになった。

たいへん

ta.i.he.n.na.ko.to.ni.na.tta.

出了大事了！

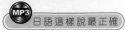
• track 098

▶ 時候到了

時間です。
ji.ka.n.de.su.
時候到了。

會話

Ⓐ そろそろ時間です。行きましょうか？
so.ro.so.ro.ji.ka.n.de.su./i.ki.ma.sho.u.ka.
時間到了，我們走吧。

Ⓑ えっ、どこへ？
e./do.ko.e.
啊？去哪裡？

Ⓐ 他社訪問です。忘れましたか？
ta.sha.ho.u.mo.n.de.su./wa.su.re.ma.shi.ta.ka.
去拜訪客戶，你忘了嗎？

同義

そろそろです。
so.ro.so.ro.de.su.
是時候了。

● track 099

▶ 說來話長

いろいろね。
i.ro.i.ro.ne.
說來話長。

會話

Ⓐ 彼と別れた。

ka.re.to.wa.ka.re.ta.

我和他分手了。

Ⓑ えっ?どうしたの?

e./do.u.shi.ta.no.

啊?怎麼了嗎?

Ⓐ いろいろね。もう思い出したくない。

i.ro.i.ro.ne./mo.u.o.mo.i.da.shi.ta.ku.na.i.

說來話長,我已經不願再想了。

同義

言いたくない。
i.i.ta.ku.na.i.
我不想說。

聞いてほしくない。
ki.i.te.ho.shi.ku.na.i.
不要問我。

129

• track 100

▶ 易如反掌

> ### 余裕だ。
> yo.yu.u.da.
> 太容易了。

會話

A 一人でもつのは大丈夫？

hi.to.ri.de.mo.tsu.no.wa./da.i.jo.u.bu.

你一個人拿沒問題嗎？

B これぐらいまだ余裕だ。

ko.re.gu.ra.i./ma.da.yo.yu.u.da.

這點東西太容易了。

同義

楽勝だ。

ra.ku.sho.u.da.

沒問題。

朝めし前だ。

a.sa.me.shi.ma.e.da.

小事一樁。

▶ **認錯**

わたしのせいです。

wa.ta.shi.no.se.i.de.su.

這都是我的錯。

會話

Ⓐ 困ったなあ。

ko.ma.tta.na.a.

這讓我很困擾啊!

Ⓑ すみません。すべてはわたしのせいです。

su.mi.ma.se.n./su.be.te.wa./wa.ta.shi.no.se.i.de.
su.

對不起,都是我的錯。

同義

僕のせいだ。

bo.ku.no.se.i.da.

我的錯。

わたしが悪いです。

wa.ta.shi.ga./wa.ru.i.de.su.

我錯了。

わたしのミスです。

wa.ta.shi.no./mi.su.de.su.

我做錯了。

• track 102

▶ 雨過天晴

きっと大丈夫です。
ki.tto.da.i.jo.u.bu.de.su.

事情很快就會過去的。

會話

A 入社試験に落ちたら絶対怒られます。どうしよう?

nyu.u.sha.shi.ke.n.ni./o.chi.ta.ra./ze.tta.i.o.ko.ra.re.ma.su./do.u.shi.yo.u.

要是落榜了,我一定會被罵的。怎麼辦?

B 鈴木さんならきっと大丈夫です。心配しないで。

su.zu.ki.sa.n.na.ra./ki.tto.da.i.jo.u.bu.de.su./shi.n.pa.i.shi.na.i.de.

鈴木先生你一定沒問題的。別擔心。

相關

何とかなる。
na.n.to.ka.na.ru.
總會有辦法的。

がっかりするな。
ga.kka.ri.su.ru.na.
別失望。

• track 103

▶ 決定

決^きめた。
ki.me.ta.
我決定了。

會 話

Ⓐ 決^きめた!
ki.me.ta.
我決定了!

Ⓑ えっ?何^{なに}を?
e./na.ni.o.
啊?決定什麼?

Ⓐ このチームに残^{のこ}ることを決意^{けつい}した。
ko.no.chi.i.mu.ni./no.ko.ru.ko.to.o./ke.tsu.i.shi.ta.
我決定要留在這支隊伍。

同 義

期日^{きじつ}を決^きめました。
ki.ji.tsu.o./ki.me.ma.shi.ta.
日期決定了。

これだ。
ko.re.da.
就這麼辦。

► **沒什麼大不了**

かまわない。
ka.ma.wa.na.i.
沒什麼大不了！

會 話

Ⓐ 勉強しないの？

be.n.kyo.u.shi.na.i.no.

你不念書嗎？

Ⓑ うん、期末なんてちっともかまわないから。

u.n./ki.ma.tsu.na.n.te./chi.tto.mo.ka.ma.wa.na.i.
ka.ra.

不念，期末考才沒什麼大不了的。

Ⓐ そんな事言うな。一緒に頑張ろう!

so.n.na.ko.to.i.u.na./i.ssho.ni.ga.n.ba.ro.u.

不要這麼說！一起加油吧！

同 義

別に。
be.tsu.ni.
那又怎樣？

どうでもいい。
do.u.de.mo.i.i.
怎樣都行，無所謂。

• track 105

▶ **挑釁**

それで？
so.re.de.
那又怎樣？

會話

Ⓐ 見て、彼からもらった腕時計。
mi.te./ka.re.ka.ra.mo.ra.tta./u.de.to.ke.i.
你看，我男友送我的手錶。

Ⓑ うん、見たよ。それで？
u.n./mi.ta.yo./so.re.de.
嗯。看到了。那又怎樣？

Ⓐ 何よ、その態度は！むかつく！
na.ni.yo./so.no.ta.i.do.wa./mu.ka.tsu.ku.
你這什麼態度，真讓人火大！

同 義

わたしには関係ない。
wa.ta.shi.ni.wa.ka.n.ke.i.na.i.
和我沒關係。

知らないよ。
shi.ra.na.i.yo.
我不知道啦！

• track 106

▶ 不在意

気にしていない。
ki.ni.shi.te.i.na.i.
我不在意。

會話

Ⓐ 転勤のこと、彼はどう思う?

te.n.ki.n.no.ko.to./ka.re.wa./do.u.o.mo.u.

調職的事,你男友怎麼想?

Ⓑ 知らないよ。彼がどう思うか気にしてない。

shi.ra.na.i.yo./ka.re.ga./do.u.o.mo.u.ka./ki.ni.shi.te.na.i.

我不知道,他怎麼想我才不在意。

Ⓐ どうしたの?急に。

do.u.shi.ta.no./kyu.u.ni.

怎麼了?突然這麼說。

同義

どうでもいいよ。
do.u.de.mo.i.i.yo.
我不在意。

何でもいいよ。
na.n.de.mo.i.i.yo.
怎樣都行。

• track 107

▶ 沒有人在意

構うものか！

ka.ma.u.mo.no.ka.

誰在乎啊！

會 話

Ⓐ 静かに、人がこっち見てるよ。

shi.zu.ka.ni./hi.to.ga./ko.cchi.mi.te.ru.yo.

小聲一點，別人在看我們。

Ⓑ 構うものか!

ma.ma.u.mo.no.ka.

誰在乎！

同 義

気にしていない。

ki.ni.shi.te.i.na.i.

我不在乎。

知らない！

shi.ra.na.i.

天曉得！

137

▶ **問原因**

> # どうして？
> do.u.shi.te.
> 為什麼？

會話

Ⓐ 村上さんのことが好きになれないなあ。

mu.ra.ka.mi.sa.n.no.ko.to.ga./su.ki.ni.na.re.na.i.
na.a.

我實在不太喜歡村上先生。

Ⓑ どうして？いい人じゃない？

do.u.shi.te./i.i.hi.to.ja.na.i.

為什麼？他不是個好人嗎？

Ⓐ でもいつも大きい声で話すのはちょっと…。

de.mo./i.tsu.mo.o.o.ki.i.ko.e.de./ha.na.su.no.
wa./cho.tto.

可是他講話的聲音總是很大。

同義

> どういうこと？
> do.u.i.u.ko.to.
> 為什麼？
>
> ────────────────
>
> なぜ？
> na.ze.
> 為什麼？
>
> ────────────────

• track 108

▶ **少管閒事**

大きなお世話だ！

o.o.ki.na.o.se.wa.da.

你少管閒事！

會話

Ⓐ 買い物ばかりしないで、子供のために貯金したほうがいいよ。

ka.i.mo.no.ba.ka.ri.shi.na.i.de./ko.do.mo.no.ta.me.ni./cho.ki.n.shi.ta.ho.u.ga./i.i.yo.

不要一直買東西，也為孩子存點錢吧！

Ⓑ おまえとは関係ない。大きなお世話だ！

o.ma.e.to.wa./ka.n.ke.i.na.i./o.o.ki.na.o.se.wa.da.

這和你沒關係，少管閒事！

同義

余計なことするな！

yo.ke.i.na.ko.to.su.ru.na.

別多管閒事！

余計な親切だ。

yo.ke.i.na.shi.n.se.tsu.da.

少管閒事。

139

• track 109

▶ 澄清

そんなこと言ってない

so.n.na.ko.to./i.tte.na.i.

我沒這麼說。

會話

Ⓐ どうしてわたしが偽善者だってみんなに言ったの？

do.u.shi.te.wa.ta.shi.ga./gi.se.n.sha.da.tte./mi.n.na.ni.i.tta.no.

你為什麼跟別人說我是偽善者？

Ⓑ えっ、そんなこと言ってないよ。

e./so.n.na.ko.to./i.tte.na.i.yo.

什麼？我沒說過這種話啊！

相關

誤解しないで。

go.ka.i.shi.na.i.de.

別誤會。

違う！

chi.ga.u.

才不是呢！

• track 110

▶ 發生什麼事

何<ruby>なに</ruby>がありましたか？

na.ni.ga.a.ri.ma.shi.ta.ka.

發生了什麼事？

會話

Ⓐ 何<ruby>なに</ruby>がありましたか？

na.ni.ga.a.ri.ma.shi.ta.ka.

發生什麼事？

Ⓑ 乗<ruby>の</ruby>る予定<ruby>よてい</ruby>の飛行機<ruby>ひこうき</ruby>が、大雪<ruby>おおゆき</ruby>で飛<ruby>と</ruby>べなくなって、困<ruby>こま</ruby>りましたよ。

no.ru.yo.te.i.no.hi.ko.u.ki.ga./o.o.yu.ki.de./to.be.na.ku.na.tte./ko.ma.ri.ma.shi.ta.yo.

我要搭的飛機因為大雪停飛了，真困擾。

同義

何<ruby>なに</ruby>？

na.ni.

什麼？

どうしたの？

do.u.shi.ta.no.

有什麼問題嗎？

大丈夫<ruby>だいじょうぶ</ruby>？

da.i.jo.u.bu.

有什麼問題嗎？

▶ 有問題嗎？

何かお困りですか？
na.ni.ka./o.ko.ma.ri.de.su.ka.

有什麼問題嗎？

會話

A 何かお困りですか？

na.ni.ka./o.ko.ma.ri.de.su.ka.

有什麼問題嗎？

B 市民センターに行きたいんですが。

shi.mi.n.se.n.ta.a.ni./i.ki.ta.i.n.de.su.ga.

我在找市民中心。

同義

何か困ったことでも？

na.ni.ka./ko.ma.tta.ko.to.de.mo.

有什麼問題嗎？

何がありましたか？

na.ni.ga./a.ri.ma.shi.ta.ka.

怎麼了嗎？

• track 112

▶ **產生疑問**

> **どんな？**
> do.n.na.
> 是怎樣的？

會話

Ⓐ あんな積極的なファン初めて見たよ。
a.n.na./se.kkyo.ku.te.ki.na.fa.n./ha.ji.me.te.mi.
ta.yo.
我第一次見到那麼熱情的歌迷。

Ⓑ え、どんな？
e./do.n.na.
什麼？是怎麼樣？

Ⓐ みんなの前でほっぺにチュー。
mi.n.na.no.ma.e.de./ho.ppe.ni.chu.u.
在眾人面前親我的臉頰。

同義

> どういうこと？
> do.u.i.u.ko.to.
> 怎麼回事？

• track 113

▶ 關心

何が？
na.ni.ga.

有什麼事？

會話

Ⓐ ちょっといい？
cho.tto.i.i.
你有空嗎？

Ⓑ うん、何が？
u.n./na.ni.ga.
當然。有事嗎？

Ⓐ これ、チェックしてもらえない？
ko.re./che.kku.shi.te.mo.ra.e.na.i
這個，你可以幫我看看嗎？

同義

何か？
na.ni.ka.
怎麼啦？

なに？
na.ni.
怎麼啦？

• track 114

▶ 請客

わたしが払います。

wa.ta.shi.ga./ha.ra.i.ma.su.

我請客。

會話

Ⓐ これはわたしが払います。

ko.re.wa./wa.ta.shi.ga./ha.ra.i.ma.su.

我請客！

Ⓑ いいよ。僕がおごるから。

i.i.yo./bo.ku.ga./o.go.ru.ka.ra.

不用啦，我請客。

同義

ごちそうします。

go.chi.so.u.shi.ma.su.

我請客。

サービスです。

sa.a.bi.su.de.su.

(餐廳)老闆招待的。

相關

割り勘にしよう。

wa.ri.ka.n.ni.shi.yo.u.

各付各的！

• track 115

▶ 惋惜

> **残念です。**
> ざんねん
> za.n.ne.n.de.su.
> 太可惜了!

會話

Ⓐ 先生がほかの学校に異動されるなんて、残念です。

se.n.se.i.ga./ho.ka.no.ga.kko.ni./i.do.u.sa.re.ru.na.n.te./za.n.ne.n.de.su.

先生要調去別的學校真是太可惜了。

Ⓑ 寂しいけど、仕方ないね。

sa.bi.shi.i.ke.do./shi.ka.ta.na.i.ne.

雖然我也覺得很寂寞,但這也沒辦法。

同義

お気の毒です。
き どく
o.ki.no.do.ku.de.su.

真遺憾。

仕方がないね。
しかた
shi.ka.ta.ga.na.i.ne.

真無奈。

• track 116

▶ **傳達本意**

そうですね。

so.u.de.su.ne.

就是說啊。

會話

A 今年の夏は暑いですね。

ko.to.shi.no.na.tsu.wa./a.tsu.i.de.su.ne.

今年夏天真熱。

B そうですね。

so.u.de.su.ne.

就是說啊。

同義

まったくです。

ma.tta.ku.de.su.

真的是。

確かに。

ta.shi.ka.ni.

的確是。

言うとおりです。

i.u.to.o.ri.de.su.

誠如你所說。

147

• track 117

▶ 值得一試

何とかやってみます。

na.n.to.ka./ya.tte.mi.ma.su.

我會試試看的。

會話

Ⓐ お願いします!

o.ne.ga.i.shi.ma.su.

拜託你了！

Ⓑ ちょっときついですが、何とかやってみます。

cho.tto.ki.tsu.i.de.su.ga./na.n.to.ka./ya.tte.mi.
ma.su.

雖然有點困難，但我會試試看的。

Ⓐ ありがとうございます。

a.ri.ga.to.u./go.za.i.ma.su.

真是謝謝你。

同義

謹んでお受けいたします。

tsu.tsu.shi.n.de.u.ke.i.ta.shi.ma.su.

我會謹慎小心地做。

引き受けます。

hi.ki.u.ke.ma.su.

我接受。

• track 118

▶ 安慰

よくやったよ。

yo.ku.ya.tta.yo.

你做得很好。

會話

A あいつに負けてしまって、悔しい！

a.i.tsu.ni./ma.ke.te.shi.ma.tte./ku.ya.shi.i.

輸給那傢伙真是不甘心！

B 気にしないで、よくやったよ！

ki.ni.shi.na.i.de./yo.ku.ya.tta.yo.

別在意，你已經做得很好了！

同義

頑張ったからいいじゃん。

ga.n.ba.tta.ka.ra./i.i.ja.n.

盡力就好。

次の機会はいくらでもあるから。

tsu.gi.no.ki.ka.i.wa./i.ku.ra.de.mo.a.ru.ka.ra.

下次還有機會。

これはすべてではないから。

ko.re.wa./su.be.te.de.wa.na.i.ka.ra.

這並不代表人生的全部。

• track 119

▶ 非做不可

> ## 損ですよ。
>
> so.n.de.su.yo.
>
> 虧大了。

會話

Ⓐ 新しくオープンしたモールには、もう行きましたか?

a.ta.ra.shi.ku.o.o.pu.n.shi.ta.mo.o.ru.ni.wa./mo.u.i.ki.ma.shi.ta.ka.

你去過新開幕的購物中心了嗎?

Ⓑ いいえ、まだです。

i.i.e./ma.da.de.su.

還沒。

Ⓐ 行かなくちゃ損ですよ。一緒に行きませんか?

i.ka.na.ku.cha./so.n.de.su.yo./i.ssho.ni.i.ki.ma.se.n.ka.

沒去就虧大了,要不要一起去?

相關

一度試してみてください。

i.chi.do.ta.me.shi.te.mi.te./ku.da.sa.i.

請試看看。

自分の中では結構いいと思います。

ji.bu.n.no.na.ka.de.wa./ke.kko.i.i. to. /o.mo.i.ma.su.

我覺得還不錯。

• track 120

▶ **不認同**

どうだろうなあ。

do.u.da.ro.u.na.a

是嗎？

會話

Ⓐ あの店、高いからきっとおいしい。

a.no.mi.se./ta.ka.i.ka.ra./ki.tto.o.i.shi.i.

那間店很貴，一定很好吃。

Ⓑ どうだろうなあ。

do.u.da.ro.u.na.a

是嗎？

同義

そうではありません。

so.u.de.wa./a.ri.ma.se.n.

才不是呢！

ちょっと違うなあ。

cho.tto.chi.ga.u.na.a.

不是吧？

• track 121

▶ 在忙嗎？

ちょっといいですか？
cho.tto.i.i.de.su.ka.

在忙嗎？

會話

A ちょっといいですか？

cho.tto.i.i.de.su.ka.

在忙嗎？

B 何がありましたか？

na.ni.ga./a.ri.ma.shi.ta.ka.

怎麼了嗎？

A 実は相談したいことがあるんですが。

ji.tsu.wa./so.u.da.n.shi.ta.i.ko.to.ga./a.ru.n.de.su.ga.

我有點事想和你談談。

同義

聞きたいことがあるんですが。

ki.ki.ta.i.ko.to.ga./a.ru.n.de.su.ga.

我想問你一些事。

ちょっと時間を作ってくれませんか？

cho.tto.ji.ka.n.o.tsu.ku.tte./ku.re.ma.se.n.ka.

可以給我一些時間嗎？

• track 122

▶ **思考**

考えとく。
ka.n.ga.e.to.ku.
我想想。

會話

Ⓐ 例の件、どう思う？一緒にやろうか？
re.i.no.ke.n./do.u.o.mo.u./i.ssho.ni.ya.ro.u.ka.
上次那件事，你覺得怎麼樣？要不要一起做？

Ⓑ 考えとく。
ka.n.ga.e.to.ku.
讓我想一想。

同義

考えさせてください。
ka.n.ga.e.sa.se.te.ku.da.sa.i.
讓我想一想。

もうちょっと、時間をあげてください。
mo.u.cho.tto./ji.ka.n.o./a.ge.te.ku.da.sa.i.
再給我一點時間。

• track 123

▶ 坦白

はっきり言って。

ha.kki.ri.i.tte.

有話就直說。

會 話

Ⓐ でも…。

de.mo.

可是……。

Ⓑ なによ?はっきり言って。

na.ni.yo./ha.kki.ri.i.tte.

什麼啊！有話就直說！

同 義

正直に言って。

sho.u.ji.ki.ni.i.tte.

請老實說。

本音を教えて。

ho.n.ne.o./o.shi.e.te.

請告訴我實話。

• track 124

▶ 啟程

行こうか。

i.ko.u.ka.

我們走吧！

會話

Ⓐ そろそろ時間だ。行こうか。

so.ro.so.ro.ji.ka.n.da./i.ko.u.ka.

時間到了，走吧！

Ⓑ あ、ちょっと待って、傘を忘れた。

a./cho.tto.ma.tte./ka.sa.o./wa.su.re.ta.

啊，再等一下，我忘了拿雨傘。

Ⓐ もう、早く!

mo.u./ha.ya.ku.

真是的，快一點啦！

同義

行きましょう。

i.ki.ma.sho.u.

我們走吧。

いいですか？

i.i.de.su.ka.

可以走了嗎？

• track 125

▶ 早知如此

> ## ほら。
> ho.ra.
> 你看！

會話

Ⓐ ああ、また失敗しちゃった。

a.a./ma.ta.shi.ppa.i.shi.cha.tta.

唉，又失敗了。

Ⓑ ほら！言ってたでしょう。

ho.ra./i.tte.ta.de.sho.u.

看看你！我早就說過了吧！

同義

もう！
mo.u.
夠囉！

だろう？
da.ro.u.
我就説吧！

• track 126

► 期待

楽しみです。

ta.no.shi.mi.de.su.

我很期待這件事。

會話

A 発表会は来週です。

ha.ppyo.u.ka.i.wa./ra.i.shu.u.de.su.

發表會是下個星期。

B 楽しみですね。

ta.no.shi.mi.de.su.ne.

我很期待這件事。

同義

楽しみにしてます。

ta.no.shi.mi.ni./shi.te.ma.su.

我很期待。

期待してます。

ki.ta.i.shi.te.ma.su.

我很期待。

• track 127

▶ 有道理

> ### どうりで。
> do.u.ri.de.
> 難怪。

會話

A これは本場の韓国料理なんだって。

ko.re.wa./ho.n.ba.no.ka.n.ko.ku.ryo.u.ri./na.n.da.tte.

聽說這是正統的韓國料理。

B どうりで。なかなかいける。

do.u.ri.de./na.ka.na.ka.i.ke.ru.

難怪！蠻好吃的。

同義

なるほど。
na.ru.ho.do.
原來如此。

まったくです。
ma.tta.ku.de.su.
真的是！

まさに。
ma.sa.ni.
果然是。

• track 128

▶ 留言

伝言をお願いできますか？
de.n.go.n.o./o.ne.ga.i./de.ki.ma.su.ka.

我可以留言嗎？

會話

Ⓐ 山田さんは今席をはずしておりますが。

ya.ma.da.sa.n.wa./i.ma.se.ki.o./ha.zu.shi.te.o.ri.
ma.su.ga.

山田先生現在不在位置上。

Ⓑ じゃ、伝言をお願いできますか？

ja./de.n.go.o./o.ne.ga.i./de.ki.ma.su.ka.

那麼，我可以留言嗎？

同義

伝えていただけますか？
tsu.ta.e.te./i.ta.da.ke.ma.su.ka.

可以留言嗎？

相關

伝言をお伝えしましょうか？
de.n.go.n.o./o.tsu.da.e.shi.ma.sho.u.ka.

你要留言嗎？

159

▶ **和某人通話**

山下さんはいらっしゃいますか？

ya.ma.shi.ta.sa.n.wa./i.ra.ssha.i.ma.su.ka.

請問山下先生在嗎？

會話

Ⓐ 山下さんはいらっしゃいますか？

ya.ma.shi.ta.sa.n.wa./i.ra.ssha.i.ma.su.ka.

請問山下先生在嗎？

Ⓑ はい、少々お待ちください。

ha.i./sho.u.sho.u.o.ma.chi.ku.da.sa.i.

在，請您稍等。

同義

営業部の堂本さんをお願いします。

e.i.gyo.u.bu.no.do.u.mo.to.sa.n.o./o.ne.ga.i.shi.ma.su.

請幫我接業務部門的堂本先生。

森田さんのお宅ですか？

mo.ri.ta.sa.n.no.o.ta.ku.de.su.ka.

請問是森田先生家嗎？

• track 130

▶ 經由介紹認識

よろしくお願いします。

yo.ro.shi.ku./o.ne.ga.i.shi.ma.su.

請多指教。

會話

Ⓐ はじめまして、田中と申します。

ha.ji.me.ma.shi.te./ta.na.ka.to./mo.u.shi.ma.su.

初次見面，敝姓田中。

Ⓑ はじめまして、山本と申します。どうぞよろしく
お願いします。

ha.ji.me.ma.shi.te./ya.ma.mo.to.to./mo.u.shi.ma.
su./do.u.zo.u./yo.ro.shi.ku./o.ne.ga.i.shi.ma.su.

初次見面，敝姓山本，請多指教。

Ⓐ こちらこそ、よろしくお願いします。

ko.chi.ra.ko.so./yo.ro.shi.ku./o.ne.ga.i.shi.ma.su.

我也是，請多多指教。

同義

これからもよろしくお願いします。

ko.re.ka.ra.mo./yo.ro.shi.ku./o.ne.ga.i.shi.ma.su.

今後請多多指教。

• track 131

▶ 不看好

まあまあです。
ma.a.ma.a.de.su.
沒有那麼好！

會話

A 今回の試合はどうでしたか？
ko.n.ka.i.no.shi.a.i.wa./do.u.de.shi.ta.ka.
這次比賽如何？

B まあまあです。
ma.a.ma.a.de.su.
沒有那麼好！

相關

いまいちです。
i.ma.i.chi.de.su.
勉強可以。

そこそこです。
so.ko.so.ko.de.su.
還過得去。

まずまずです。
ma.zu.ma.zu.de.su.
還算不錯。

• track 132

▶ 無須擔心

何^{なん}でもありません。

na.n.de.mo.a.ri.ma.se.n.

沒事!

會話

Ⓐ 何^{なに}がありましたか?

na.ni.ga./a.ri.ma.shi.ta.ka.

發生了什麼事?

Ⓑ 何^{なん}でもありません。ありがとう。

na.n.de.mo.a.ri.ma.se.n./a.ri.ga.to.u.

沒事!謝謝關心。

同義

大丈夫^{だいじょうぶ}です。

da.i.jo.u.bu.de.su.

我很好!

- -

心配^{しんぱい}しないで。

shi.n.pa.i.shi.na.i.de.

別擔心我!

- -

• track 133

▶ 沒有太大改變

相変わらず。
あいか

a.i.ka.wa.ra.zu.

老樣子!

會話

Ⓐ 彼女とはどう?
かのじょ

ka.no.jo.to.wa./do.u.

和女友還好嗎?

Ⓑ 相変わらずけんかしてばかりだ。
あいか

a.i.ka.wa.ra.zu./ke.n.ka.shi.te.ba.ka.ri.da.

還是老樣子,常常吵架。

同義

今までどおりだ。
いま

i.ma.ma.de.do.o.ri.da.

一如既往!

- -

昔のままだ。
むかし

mu.ka.shi.no.ma.ma.da.

老樣子。

- -

● track 134

▶ 抱怨

もうたくさんだ。

mo.u.ta.ku.sa.n.da.

夠了！。

會話

Ⓐ 明日のレポート、頼む。

a.shi.ta.no.re.po.o.to./ta.no.mu.

明天的報告就交給你囉。

Ⓑ また？もうたくさんだ。

ma.ta./mo.u.ta.ku.sa.n.da.

又來了？真是夠了！

同義

うんざりします。

u.n.za.ri.shi.ma.su.

令人厭煩。

- -

あきあきです。

a.ki.a.ki.de.su.

膩了。

- -

• track 135

▶ 無法理解

意味が分からない。
i.mi.ga./wa.ka.ra.na.i.

搞不懂！

會話

A もう、絶交だ!絶交!
mo.u./ze.kko.u.da./ze.kko.u.

我受夠了，我要和你絕交！

B はあ?意味がわからない!
ha.a./i.mi.ga./wa.ka.ra.na.i

什麼？我真搞不懂你耶！

同義

どういうこと?
do.u.i.u.ko.to.

怎麼回事？

なに?
na.ni.

什麼？

どういう意味?
do.u.i.u.i.mi.

你這是什麼意思？

▶ 道別

また。
ma.ta.
下次見。

會話

A では、また。
de.wa./ma.ta.
那麼，下次見了。

B じゃ、また。
ja./ma.ta.
就這樣。下次見囉！

同義

じゃね。
ja.ne.
再見！

さよなら。
sa.yo.na.ra.
再見！

• track 137

▶ 丟臉

恥ずかしい。
ha.zu.ka.shi.i.
真丟臉！

會話

A あれ、恵美、どうしてパジャマを着てる?
a.re./e.mi./do.u.shi.te./pa.ja.ma.o.ki.te.ru.

欸，惠美，你為什麼穿著睡衣？

B あっ、恥ずかしい!
a./ha.zu.ka.shi.i.

啊！好丟臉啊！

同義

情けない。
na.sa.ke.na.i.

真難為情。

赤面の至りだ。
se.ki.me.n.no.i.ta.ri.da.

丟臉到極點了。

• track 138

▶ 有問題發生

こ こ は ちょっと。

ko.ko.wa./cho.tto.

這個有問題喔！

會話

Ⓐ この花瓶、きれいだね。

ko.no.ka.bi.n./ki.re.i.da.ne.

這花瓶真漂亮。

Ⓑ でも、ここはちょっと…。

de.mo./ko.ko.wa./cho.tto.

可是，這裡有點問題。

Ⓐ あ、本当だ、傷がある…。

a./ho.n.to.u.da./ki.zu.ga./a.ru.

啊，真的耶，有損傷。

同 義

怪しいなあ。

a.ya.shi.i.na.a.

真可疑。

─────────────────────

どこか違います。

do.ko.ka./chi.ga.i.ma.su.

不太對勁。

─────────────────────

• track 139

▶ 別急

焦るな。
あせ

a.se.ru.na.

不要急。

會話

ⓐ やっぱりお見合いしようかな。

ya.ppa.ri./o.mi.a.i.shi.yo.u.ka.na.

我看我還是去相親好了。

ⓑ まだ23歳じゃないか、焦るなよ。

ma.da.ni.ju.u.sa.n.sa.i.ja.na.i.ka./a.se.ru.na.yo.

你才23歲，不用急啦！

同義

落ち着けよ。

o.chi.tsu.ke.yo.

冷靜下來。

落ち着いて。

o.chi.tsu.i.te.

冷靜點。

▶ 第一次聽說

はつみみ
初耳だ。

ha.tsu.mi.mi.da.

第一次聽説。

會話

Ⓐ ね、知ってる?インスタントコーヒーも缶コーヒーも日本人が発明したのよ。

ne./shi.tte.ru./i.n.su.ta.n.to.ko.o.hi.i.mo./ka.n.ko.o.hi.i.mo./ni.ho.n.ji.n.ga./ha.tsu.me.i.shi.ta.no.yo.

你知道嗎?即溶咖啡和罐裝咖啡都是日本人發明的喔!

Ⓑ へえ、それは初耳だ。

he.e./so.re.wa./ha.tsu.mi.mi.da.

是喔,這還是第一次聽説。

同義

知らなかった。
shi.ra.na.ka.tta.
以前都不知道。

聞いたことない。
ki.i.ta.ko.to.na.i.
沒聽説過。

▶ **絕望**

もうおしまいだ！
mo.u.o.shi.ma.i.da.

一切都完了！

會話

Ⓐ 入学試験に落ちた。もうおしまいだ！

nyu.u.ga.ku.shi.ke.n.ni.o.chi.ta./mo.u.o.shi.ma.i.da.

我沒能考進那所學校，一切都完了！

Ⓑ そんな大げさだよ。

so.n.na.o.o.ge.sa.da.yo.

你也太誇張了吧！

同義

最悪だ。

sa.i.a.ku.da.

真慘。

- -

どん底だ。

do.n.zo.ko.da.

到谷底了。

- -

• track 142

▶ 目前不確定

今度時間があれば行きます。
こんど じかん　　　　　　　　い

ko.n.do./ji.ka.n.ga.a.re.ba./i.ki.ma.su.

有機會再去吧！(多半不可能會去)

會話

Ⓐ 今晩飲みに行きませんか?
こんばんの　　　　い

ko.n.ba.n./no.mi.ni.i.ki.ma.se.n.ka.

今晚要不要去喝一杯?

Ⓑ すみません、今日はちょっと…。今度時間が
きょう　　　　　　　　　　こんど じかん
あれば行きます。
い

su.mi.ma.se.n./kyo.u.wa./cho.tto./ko.n.do./ji.ka.
n.ga.a.re.ba./i.ki.ma.su.

對不起，今天有點事。下次有機會再去吧！

相關

誘ってくれてありがとう。
さそ

sa.so.tte.ku.re.te./a.ri.ga.to.u.

謝謝你邀請我。

今取り込んでいますので。
いま と こ

i.ma./to.ri.ko.n.de.i.ma.su.no.de.

現在正在忙。

• track 143

▶ 互相幫忙

お互い様です。

o.ta.ga.i.sa.ma.de.su.

朋友就是要互相幫助！

會話

Ⓐ 手伝ってくれて本当にありがとうございます。

te.tsu.da.tte.ku.re.te./ho.n.to.u.ni./a.ri.ga.to.u.
go.za.i.ma.su.

謝謝你的幫忙。

Ⓑ いいえ、お互い様です。

i.i.e./o.ta.ga.i.sa.ma.de.su.

哪兒的話。朋友就是要互相幫助！

相關

たいしたものでもありません。

ta.i.shi.ta.mo.no.de.mo.a.ri.ma.se.n.

沒什麼。不客氣。

ほんのついでだよ。

ho.n.no.tsu.i.de.da.yo.

只是順手幫忙。

• track 144

> ▶ **無奈**

> # 何_{なに}も言_いえません。
>
> na.ni.mo.i.e.ma.se.n.
>
> 我能說什麼？

會 話

Ⓐ 全部_{ぜんぶ}あなたのせいだって言_いったよな。

ze.n.bu.a.na.ta.no.se.i.da.tte./i.tta.yo.na.

我早就說過這全部都是你的錯。

Ⓑ 何_{なに}も言_いえません。

na.ni.mo.i.e.ma.se.n.

我還能說什麼？

同 義

> あきれた。
> a.ki.re.ta.
> 真是傻眼。/無話可說。

> どうしようもない。
> do.u.shi.yo.u.mo.na.i.
> 還能怎樣？

• track 145

▶ 沒聽清楚

ごめん、なんだっけ。
go.me.n./na.n.da.kke.

你剛剛說什麼？

會話

Ⓐ 彼女と別れた…。
ka.no.jo.to./wa.ka.re.ta.
我和她分手了。

Ⓑ ごめん、なんだっけ。
go.me.n./na.n.da.kke.
不好意思，你剛剛說什麼？

Ⓐ ううん、なんでもない。
u.u.n./na.n.de.mo.na.i.
沒有，沒什麼。

同義

えっ？
e.
你說什麼？

- -

もう一度言ってください。
mo.u.i.chi.do.i.tte./ku.da.sa.i.
請再說一次。

- -

• track 146

▶ 詢問意見

どう思いますか？

do.u.o.mo.i.ma.su.ka.

你覺得如何呢？

會話

Ａ スピッツの新曲、どう思いますか？

su.pi.ttsu.no.shi.n.kyo.ku./do.u.o.mo.i.ma.su.ka.

spitz的新歌，你覺得如何？

Ｂ すばらしいの一言です。

su.ba.ra.shi.i.no.hi.to.ko.to.de.su.

只能說很棒。

同義

どう？

do.u.

你覺得如何？

いかがですか？

i.ka.ga.de.su.ka.

你覺得呢？

こんな感じでいい？

ko.n.na.ka.n.ji.de.i.i.

這樣可以嗎？

• track 147

▶ 詢問想法

何を考えてますか？
な に　　　　かんが

na.ni.o./ka.n.ga.e.te.ma.su.ka.

你在想什麼呢？

會話

A さっきからじっと同じページを見つめていて、
おな　　　　　　　　み
何を考えてますか？
なに　かんが

sa.kki.ka.ra./ji.tto.o.na.ji.pe.e.ji.o./mi.tsu.me.te.
i.te./na.ni.o./ka.n.ga.e.te.ma.su.ka.

你從剛剛開始就一直看著同一頁，在想什麼
嗎？

B あっ、別に…。
べつ

a./be.tsu.ni.

啊，沒什麼。

同義

何を考えているの？
なに　かんが

na.ni.o./ka.n.ga.e.te.i.ru.no.

你在想什麼？

お困りですか？
こま

o.ko.ma.ri.de.su.ka.

需要幫忙嗎？

• track 148

▶ 詢問近況

お元気ですか？
o.ge.n.ki.de.su.ka.
近來如何？

會話

Ⓐ お元気ですか？
o.ge.n.ki.de.su.ka.
近來好嗎？

Ⓑ ええ、相変わらずです。
e.e./a.i.ka.wa.ra.zu.de.su.
嗯，老樣子。

同義

お久しぶりです。
o.hi.sa.shi.bu.ri.de.su.
好久不見。

こんにちは。
ko.n.ni.chi.wa.
你好。

• track 149

▶ 趕路

急いで。
いそ
i.so.i.de.

快一點！

會 話

Ⓐ もう七時だ！
しち じ
mo.u.shi.chi.ji.da.

已經七點了！

Ⓑ あらっ、大変！急いで。
たい へん いそ
a.ra./ta.i.he.n./i.so.i.de.

啊，糟了！快一點。

同 義

急がないと。
いそ
i.so.ga.na.i.to.

不快一點的話來不及了。

早く。
はや
ha.ya.ku.

快點。

• track 150

▶ 目的地

どこへ行きますか？

do.ko.e./i.ki.ma.su.ka.

你要去哪裡？

會話

🅐 みんなどこへ行きますか？

mi.n.na.do.ko.e./i.ki.ma.su.ka.

你們要去哪裡？

🅑 映画を見に行きます。一緒に行きませんか？

e.i.ga.o./mi.ni.i.ki.ma.su./i.ssho.ni.i.ki.ma.se.n.
ka.

我們要去看電影。要一起來嗎？

🅐 いいですか？

i.i.de.su.ka.

可以嗎？

同義

どこへ？

do.ko.e.

你要去哪裡？

何をしに行きますか？

na.ni.o./shi.ni.i.ki.ma.su.ka.

你要去哪裡？

• track 151

▶ 無法形容

なんて言（い）うのかなあ。
na.n.te.i.u.no.ka.na.a.
該怎麼說？

會話

Ⓐ 恋愛（れんあい）ってどんな感（かん）じ？
re.n.a.i.tte./do.n.na.ka.n.ji.
談戀愛是什麼感覺呢？

Ⓑ うん…なんて言（い）うのかなあ…。
u.n./na.n.te.i.u.no.ka.na.a.
嗯……該怎麼說呢？

同義

なんて言（い）うかなあ？
na.n.te.i.u.ka.na.a.
該怎麼形容呢？

なんて言（い）うか？
na.n.te.i.u.ka.
該怎麼說？

• track 152

▶ 強烈不滿

最低！
さいてい

sa.i.te.i.

真可惡！

會話

Ⓐ ね、玲子とわたし、どっちがきれい？
れいこ

ne./re.i.ko.to.wa.ta.shi./do.cchi.ga.ki.re.i.

我和玲子，誰比較漂亮？

Ⓑ もちろん玲子の方がきれい。
れいこ　ほう

mo.chi.ro.n./re.i.ko.no.ho.u.ga./ki.re.i.

當然是玲子比較漂亮啊！

Ⓐ もう、一郎最低！
いちろうさいてい

mo.u./i.chi.ro.u.sa.i.te.i.

什麼！一郎你真可惡！

同義

ひどい！

hi.do.i.

真過份！

- -

嘘つき！
うそ

u.so.tsu.ki.

騙人！

- -

• track 153

▶ 請對方提出建議

> ### 教えてください。
>
> o.shi.e.te.ku.da.sa.i.
>
> (我不知道)你告訴我。

會話

A この部分、ちょっとわからないので、教えてください。

ko.no.bu.bu.n./cho.tto.wa.ka.ra.na.i.no.de./o.shi.e.te.ku.da.sa.i.

這部分我不太了解，可以請你告訴我嗎？

B いいですよ。

i.i.de.su.yo.

好啊。

同義

助けてください。

ta.su.ke.te.ku.da.sa.i.

請幫我。

頼みます。

ta.no.mi.ma.su.

拜託你了。

• track 154

▶ 被誤解

違います。

chi.ga.i.ma.su.

你誤會我了。

會話

Ⓐ 秋山さんはわたしのことが嫌いでしょう？

a.ki.ya.ma.sa.n.wa./wa.ta.shi.no.ko.to.ga./ki.ra.i.de.sho.u.

秋山先生你很討厭我吧？

Ⓑ いや、違います。そんなことないですよ。

i.ya./chi.ga.i.ma.su./so.n.na.ko.to./na.i.de.su.yo.

不，你誤會我了。才沒這回事呢！

同義

勘違いだ。

ka.n.chi.ga.i.da.

你搞錯了。

そういう意味じゃない。

so.u.i.u.i.mi.ja.na.i.

我不是這個意思。

• track 155

▶ 正確解讀

> ### そのとおりです。
> so.no.to.o.ri.de.su.
>
> 你說的對。

會話

Ⓐ 日本語は深いですね。

ni.ho.n.go.wa./fu.ka.i.de.su.ne.

日語真是深奧啊！

Ⓑ そのとおりです。

so.no.to.o.ri.de.su.

就是說啊！

同義

確かに。

ta.shi.ka.ni.

的確是。

言うとおりです。

i.u.to.o.ri.de.su.

你說得對！

間違いありません。

ma.chi.ga.i.a.ri.ma.se.n.

你說得沒錯。

• track 156

▶ # 任由對方

好きにしなさい。

su.ki.ni.shi.na.sa.i.

隨你便。

會話

Ⓐ わたし、大学をやめる。

wa.ta.shi./da.i.ga.ku.o./ya.me.ru.

我想從大學休學。

Ⓑ 好きにしなさい。

su.ki.ni.shi.na.sa.i.

隨你便。

同義

ご勝手に。

go.ka.tte.ni.

隨便你！

わたしには関係ない。

wa.ta.shi.ni.wa./ka.n.ke.i.na.i.

和我無關。

• track 157

▶ 提出保證

約束する。

ya.ku.so.ku.su.ru.

我向你保證。

會 話

Ⓐ 明日からタバコをやめる。

a.shi.ta.ka.ra./ta.ba.ko.o.ya.me.ru.

我明天開始戒菸。

Ⓑ 約束して、もう絶対吸わないって。

ya.ku.so.ku.shi.te./mo.u.ze.tta.i.su.wa.na.i.tte.

你保證，絕對不再吸。

Ⓐ うん、約束する。

u.n./ya.ku.so.ku.su.ru.

嗯，我向你保證。

同 義

指きり。

yu.bi.ki.ri.

打勾勾。

- -

誓うよ。

chi.ka.u.yo.

我發誓。

- -

● track 158

▶ 受驚嚇

びっくりしました。
bi.kku.ri.shi.ma.shi.ta.

你嚇到我了。

會話

Ⓐ あっ!田中さん!待って!

a./ta.na.ka.sa.n./ma.tte.

啊!田中先生,等一下!

Ⓑ おっ!びっくりしました。何か?

o./bi.kku.ri.shi.ma.shi.ta./na.ni.ka.

喔,嚇我一跳。有什麼事?

同義

驚いた。
o.do.ro.i.ta.

真是訝異!

嚇かしすぎだって。
o.do.ka.shi.su.gi.da.tte.

嚇我一跳!

びっくりさせないでよ。
bi.kku.ri.sa.se.na.i.de.yo.

別嚇我。

• track 159

▶ 後悔、遺憾

> ### 後悔するよ。
> こうかい
> ko.u.ka.i.su.ru.yo.
>
> 你會後悔的！

會話

Ⓐ 彼女と結婚する！
かのじょ けっこん

ka.no.jo.to./ke.ko.n.su.ru.

我要和她結婚。

Ⓑ 本当？絶対後悔するよ。
ほんとう ぜったいこうかい

ho.n.to.u./ze.tta.i.ko.u.ka.i.su.ru.yo.

真的嗎？你會後悔的！

相關

ばか言うなよ。
い

ba.ka.i.u.na.yo.

別說傻話。

やばいよ。

ya.ba.i.yo.

會很慘喔！

いっぱいいっぱいじゃん。

i.ppa.i./i.ppa.i.ja.n.

夠囉！

• track 160

▶ 請求原諒

すみません。

su.mi.ma.se.n.

不好意思！

會話

Ⓐ ここは禁煙ですよ。

ko.ko.wa./ki.n.e.n.de.su.yo.

這裡禁菸。

Ⓑ あ、すみません。

a./su.mi.ma.se.n.

啊，不好意思。

同義

申し訳ありません。

mo.u.shi.wa.ke./a.ri.ma.se.n.

真的很抱歉。

ご迷惑をおかけします。

go.me.i.wa.ku.o./o.ka.ke.shi.ma.su.

造成你的困擾了。

▶ 無奈答應

ご勝手に。
go.ka.tte.ni.
隨你便。/去吧！

會話

A わたし、この家を出て行くから。
wa.ta.shi./ko.no.i.e.o./de.te.i.ku.ka.ra.
我要離開這個家！

B どうぞ、ご勝手に。
do.u.zo./go.ka.tte.ni.
好啊！隨你便。

反義

よくないよ。
yo.ku.na.i.yo.
不可以！

やめたほうがいいよ。
ya.me.ta.ho.u.ga./i.i.yo.
最好別這麼做。

▶ **否決**

だめ！
da.me.
絕對不可以！

會話

Ⓐ このケーキ、食べていい？
ko.no.ke.e.ki./ta.be.te.i.i.
我可以吃這個蛋糕嗎？

Ⓑ だめ！
da.me.
絕對不可以！

同義

よくないよ。
yo.ku.na.i.yo.
不好吧！

反義

いいんじゃない。
i.i.n.ja.na.i.
去吧！/可以！

• track 163

▶ **令人起疑**

おかしいなあ。
o.ka.shi.i.na.a.
真奇怪。

會話

Ⓐ おかしいなあ。コピー機が動かない。

o.ka.shi.i.na.a./ko.pi.i.ki.ga./u.go.ka.na.i.

真奇怪，影印機不能動。

Ⓑ 壊れちゃったんじゃないの？

ko.wa.re.cha.tta.n./ja.na.i.no.

早就壞了吧？

同義

怪しいなあ。

a.ya.shi.i.na.a.

真可疑。

何もないといいですが。

na.ni.mo.na.i.to./i.i.de.su.ga.

最好是沒這回事，但……。

• track 164

▶ **稍微**

ちょっと。
cho.tto.
有一點。

會 話

Ⓐ 一人で大丈夫？
hi.to.ri.de./da.i.jo.u.bu.

一個人沒問題嗎？

Ⓑ まあ、ちょっと寂しいね。
ma.a./cho.tto.sa.bi.shi.i.ne.

是有一點寂寞。

同 義

なんか。
na.n.ka.

有一點。

少しだけ。
su.ko.shi.da.ke.

有一點。

• track 165

▶ 別抱怨

愚痴（ぐち）るなよ。

gu.chi.ru.na.yo.

別發牢騷。

會話

A この会社（かいしゃ）はいや、同僚（どうりょう）も冷（つめ）たいし、給料（きゅうりょう）も少（すく）ないし…。

ko.no.ka.i.sha.wa.i.ya./do.u.ryo.u.mo.tsu.me.ta.i.shi./kyu.u.ryo.u.mo.su.ku.na.i.shi.

真討厭這公司，同事很冷淡，薪水又少……。

B 愚痴（ぐち）るなよ、やめれば？

gu.chi.ru.na.yo./ya.me.re.ba.

別發牢騷了，有種就辭職啊！

同義

文句（もんく）を言（い）うな。

mo.n.ku.o.i.u.na.

別抱怨了。

何（なに）ぶつぶつ言（い）ってんの？

na.ni./bu.tsu.bu.tsu.i.tte.n.no.

你在碎碎念什麼？

• track 166

▶ 結帳

お会計をお願いします。

o.ka.i.ke.i.o./o.ne.ga.i.shi.ma.su.

請買單。

會 話

A お会計をお願いします。

o.ka.i.ke.i.o./o.ne.ga.i.shi.ma.su.

麻煩你，我要結帳。

B はい、8000円でございます。

ha.i./ha.sse.n.e.n.de./go.za.i.ma.su.

好的，一共是8000日圓。

A カードでお願いいたします。

ka.a.do.de./o.ne.ga.i./i.ta.shi.ma.su.

我要刷卡。

同 義

勘定をお願いします。

ka.n.jo.u.o./o.ne.ga.i.shi.ma.su.

我要結帳。

相 關

割り勘にしましょう。

wa.ri.ka.n.ni./shi.ma.sho.u.

各付各的好了。

• track 167

▶ 叫救護車

救急車を呼んでください。
きゅうきゅうしゃ　　よ

kyu.u.kyu.u.sha.o./yo.n.de.ku.da.sa.i.

打電話叫救護車！

會話

Ⓐ 一人で動けないんです。
ひとり　うご

hi.to.ri.de./u.go.ke.na.i.n.de.su.

我動不了。

Ⓑ 大変です。救急車を呼んでください。
たいへん　　　きゅうきゅうしゃ　　よ

ta.i.he.n.de.su./kyu.u.kyu.u.sha.o./yo.n.de.ku.
da.sa.i.

糟了，快叫救護車。

Ⓒ わかりました。

wa.ka.ri.ma.shi.ta.

好的。

同義

病院へ連れて行っていただけますか？
びょういん　つ　　い

byo.u.i.ne./tsu.re.te.i.tte./i.ta.da.ke.ma.su.ka.

可以帶我到醫院嗎？

──────────────────────

119 番をしてください。
ひゃくじゅうきゅうばん

hya.ku.ju.u.kyu.u.ba.n.o./wo.shi.te.ku.da.sa.i.

請幫我打 119。

──────────────────────

• track 168

▶ 報到

チェックインをお願いします。

che.kku.i.n.o./o.ne.ga.i.shi.ma.su.

我要報到。

會話

Ⓐ チェックインをお願いします。

che.kku.i.n.o./o.ne.ga.i.shi.ma.su.

我要報到。

Ⓑ ご予約なさっていますか？

go.yo.ya.ku.na.sa.tte.i.ma.su.ka.

請問有預約嗎？

Ⓐ ええ。吉本清といいます。

e.e./yo.shi.mo.to.ki.yo.shi.to./i.i.ma.su.

有的。我叫吉本清。

同義

今、チェックインできますか？

i.ma./che.kku.i.n.de.ki.ma.su.ka.

請問現在可以登記住房嗎？

反義

チェックアウトは何時ですか？

che.kku.a.u.to.wa./na.n.ji.de.su.ka.

何時需要退房呢？

▶ 稱讚

えらいです。
e.ra.i.de.su.

真了不起。

會話

Ⓐ この十年間、毎日運動しています。

ko.no.ju.u.ne.n.ka.n./ma.i.ni.chi./u.n.do.u.shi.te.i.ma.su.

這十年來，我每天都持續運動。

Ⓑ えらいですね。

e.ra.i.de.su.ne.

真是了不起。

同義

さすが。
sa.su.ga.
真不愧是。

すばらしい。
su.ba.ra.shi.i.
真厲害。

凄いなあ。
su.go.i.na.a.
太厲害了。

• track 170

▶ 表現得好的讚美

やるじゃん。
ya.ru.ja.n.
你辦得到的嘛！

會話

Ⓐ 見て見て、百点満点！
mi.te.mi.te./hya.ku.te.n.ma.n.te.n.
你看，我考了一百分！

Ⓑ やるじゃん。
ya.ru.ja.n.
你辦得到的嘛！

同義

よくやった。
yo.ku.ya.tta.
做得很好。

言うことなし。
i.u.ko.to.na.shi.
好得沒話說。

完璧です。
ka.n.pe.ki.de.su.
真完美。

• track 171

▶ 感恩

この間はどうも。
<ruby>間<rt>あいだ</rt></ruby>

ko.no.a.i.da.wa./do.u.mo.

上次謝謝你。

會話

Ⓐ <ruby>関原<rt>せきはら</rt></ruby>さん、この<ruby>間<rt>あいだ</rt></ruby>はどうも。

se.ki.ha.ra.sa.n./ko.no.a.i.da.wa./do.u.mo.

關原先生，上次謝謝你了。

Ⓑ いいえ、また<ruby>機会<rt>きかい</rt></ruby>があったらぜひご<ruby>一緒<rt>いっしょ</rt></ruby>しましょう。

i.i.e./ma.ta.ki.ka.i.ga./a.tta.ra./ze.hi.go.i.ssho.
shi.ma.sho.u.

沒什麼，下次有機會的話我們再一起合作吧。

同義

どうもご<ruby>親切<rt>しんせつ</rt></ruby>に。

do.u.mo./go.shi.n.se.tsu.ni.

謝謝你，你對我真好。

おかげさまで。

o.ka.ge.sa.ma.de.

託您的福。

• track 172

▶ **禁止**

やめて！

ya.me.te.

不准！

會話

Ⓐ 怖い話をしてあげる。

ko.wa.i.ha.na.shi.o./shi.te.a.ge.ru.

跟你說個恐怖的故事。

Ⓑ やめて！そういうのは苦手だ。

ya.me.te./so.u.i.u.no.wa./ni.ga.te.da.

不准說！我最怕這種的了。

同義

いやだよ！

i.ya.da.yo.

不要！

いや！

i.ya.

討厭！

だめ！

da.me.

不行！

• track 173

▶ 轉換話題

そういえば。
so.u.i.e.ba.
説到這兒。

會話

Ⓐ 昨日、彼女と一緒にディズニーランドへ行ったんだ

ki.no.u./ka.no.jo.to.i.sho.ni./di.zu.ni.i.ra.n.do.e./i.tta.n.da.

我昨天和女友一起去了迪士尼喔！

Ⓑ そっか。あ、そういえば、この前、面白いアニメを見たって言ってたよね。

so.kka./a./so.i.e.ba./ko.no.ma.e./o.mo.shi.ro.i.a.ni.me.o./mi.ta.tte./i.tte.ta.yo.ne.

是嗎？説到這兒，之前你不是說看了一部很好看的動畫。

同義

あのさ。
a.no.sa.
你知道嗎？

ところで。
to.ko.ro.de.
話説……。

• track 174

▶ 探詢是否有人

ごめんください。

go.me.n.ku.da.sa.i.

有人嗎？/哈囉！

會話

Ⓐ ごめんください。

go.me.n.ku.da.sa.i.

哈囉，有人嗎？

Ⓑ はい、どなたですか？

ha.i./do.na.ta.de.su.ka.

是的，請問是哪位？

同義

あのう、すみませんが。

a.no.u./su.mi.ma.se.n.ga.

有人嗎？

お邪魔します。

o.ja.ma.shi.ma.su.

打擾了。

• track 175

▶ 請對方等候

少々お待ちください。

sho.u.sho.u./o.ma.chi.ku.da.sa.i.

等一下。

會話

Ⓐ はい、橋本です。

ha.i./ha.shi.mo.to.de.su.

喂,這裡是橋本家。

Ⓑ 金田と申しますが、雪さんはいらっしゃいますか？

ka.ne.da.to./mo.u.shi.ma.su.ga./yu.ki.sa.n.wa./i.ra.ssha.i.ma.su.ka.

敝姓金田,請問小雪在嗎？

Ⓐ はい、少々お待ちください。

ha.i./sho.u.sho.u./o.ma.chi.ku.da.sa.i.

在,請稍等一下。

相關

またおかけ直しします。

ma.ta./o.ka.ke.na.o.shi.shi.ma.su.

請稍後再撥。

メッセージをお願いできますか？

me.sse.e.ji.o./o.ne.ga.i./de.ki.ma.su.ka.

可以請你幫我留言嗎？

• track 176

▶ **不要來騷擾**

ほっといて！
ho.tto.i.te.
離我遠一點！

會話

Ⓐ 気分転換に映画でもどう？
ki.bu.n.te.n.ka.n.ni./e.i.ga.de.mo.do.u.
為了轉換心情，我們去看電影吧？

Ⓑ ほっといて！今そんな気分じゃないの。
ho.tto.i.te./i.ma./so.n.na.ki.bu.n.ja.na.i.no.
離我遠一點！我現在沒那種心情。

同義

わたしにかまわないで。
wa.ta.shi.ni.ka.ma.wa.na.i.de.
別管我！

話しかけないで。
ha.na.shi.ka.ke.na.i.de.
別和我說話！

• track 177

▶ 同情

> ### かわいそうに。
> ka.wa.i.so.u.ni.
> 真可憐。

會話

A 今日も残業だ。

kyo.u.mo.za.n.gyo.u.da.

我今天也要加班。

B かわいそうに。無理しないでね。

ka.wa.i.so.u.ni./mu.ri.shi.na.i.de.ne.

真可憐,不要太勉強喔!

A うん、ありがとう。

u.n./a.ri.ga.to.u.

好的,謝謝。

同義

> お気の毒です。
>
> o.ki.no.do.ku.de.su.
>
> 真可憐。

> 残念です。
>
> za.n.ne.n.de.su.
>
> 好可惜。

• track 178

▶ **運氣好**

ついてるね。

tsu.i.te.i.ru.ne.

眞走運！

會話

Ⓐ 宝くじが当たった！

ta.ka.ra.ku.ji.ga./a.ta.tta.

我中了彩券了！

Ⓑ 本当？ついてるね。

ho.n.to.u./tsu.i.te.ru.ne.

真的假的？你真走運！

同義

運がいいね。

u.n.ga.i.i.ne.

運氣真好。

反義

損した。

so.n.shi.ta.

虧大了。

• track 179

▶ 感動

胸がいっぱいになった。

mu.ne.ga./i.ppa.i.ni.na.tta.

好感動。

會話

Ⓐ 昨日、友達が集まってくれて、本当に胸が
いっぱいになったんです。

ki.no.u./to.mo.da.chi.ga./a.tsu.ma.tte.ku.re.te./
ho.n.to.u.no./mu.ne.ga.i.ppa.i.ni.na.tta.n.de.su.

昨天朋友們為了我聚在一起,真是感動!

Ⓑ よほど仲良しだったんですね。

yo.ho.do.na.ka.yo.shi.da.tta.n.de.su.ne.

你們感情真好啊!

同義

涙が出そうになった。

na.mi.da.ga./de.so.u.ni.na.tta.

感動到想流淚。

目がうるうるする。

me.ga./u.ru.u.ru.su.ru.

眼中泛淚。

• track 180

▶ **自信滿滿**

お任せください。
まか
o.ma.ka.se./ku.da.sa.i.
交給我吧！

會 話

Ⓐ 今回のスピーチ大会、よろしくお願いします。
こんかい　　　　　　　　　　たいかい　　　　　　　　　　ねが

ko.n.ka.i.no.su.pi.i.chi.da.i.ka.i./yo.ro.shi.ku.o.
ne.ga.i.shi.ma.su.

這次的演講比賽，就拜託你了。

Ⓑ お任せください。
まか

o.ma.ka.se.ku.da.sa.i.

交給我吧！

Ⓐ がんばってね。

ga.n.ba.tte.ne.

加油。

同 義

自信満々。
じしんまんまん

ji.shi.n.ma.n.ma.n.

我很有信心。

- -

楽勝さ。
らくしょう

ra.ku.sho.u.sa.

輕而易舉。

- -

Chapter 2
情境用語

日本語を話そう！

• track 181

1. 問候

➲ やあ。

ya.a.

嘿！

➲ こんにちは。

ko.n.ni.chi.wa.

你好！

➲ はじめまして。

ha.ji.me.ma.shi.te.

你好嗎？（初次見面用語）

➲ よろしくお願いします。

yo.ro.shi.ku./o.ne.ga.i.shi.ma.su.

請多多指教。

➲ お元気ですか？

o.ge.n.ki.de.su.ka.

你好嗎？

➲ お久しぶりです。

o.hi.sa.shi.bu.ri.de.su.

好久不見。

➲ 今日はいい天気ですね。

kyo.u.wa./i.i.te.n.ki.de.su.ne.

今天天氣真好。

➲ 最近はどうですか？

sa.i.ki.n.wa./do.u.de.su.ka.

最近過得如何？

➲ ご家族は元気ですか？

go.ka.zo.ku.wa./ge.n.ki.de.su.ka.

你的家人好嗎？

➲ 田中さんは元気ですか？

ta.na.ka.sa.n.wa./ge.n.ki.de.su.ka.

田中先生好嗎？

➲ 今日もお願いします。

kyo.u.mo./o.ne.ga.i.shi.ma.su.

今天也請多多指教。

➲ 先日はどうも。

se.n.ji.tsu.wa./do.u.mo.

前幾天謝謝你了。

➲ どうも。

do.u.mo.

你好。／謝謝。

➲ お帰りなさい。

o.ka.e.ri.na.sa.i.

你回來啦！

• track 182

1-1. 回應問候

❍ やあ、こんにちは。
ya.a./ko.n.ni.chi.wa.
嘿，你好。

❍ 元気です。
ge.n.ki.de.su.
我很好，謝謝。

❍ おはようございます。
o.ha.yo.u./go.za.i.ma.su.
早安。

❍ こんばんは。
ko.n.ba.n.wa.
晚上好。

❍ おやすみなさい。
o.ya.su.ma.na.sa.i.
晚安。

❍ そうですね。
so.u.de.su.ne.
是啊！

❍ いいえ、こちらこそ。
i.i.e./ko.chi.ra.ko.so.
不，我才是。

⊃ まあまあです。

ma.a.ma.a.de.su.

馬馬虎虎啦！

⊃ 風邪を引いたんです。

ka.ze.o./hi.i.ta.n.de.su.

不太好。我感冒了。

⊃ 大変です。

ta.i.he.n.de.su.

不太好。

⊃ どうも。

do.u.mo.

你好。／謝謝。

⊃ ええ。

e.e.

嗯。

⊃ またお会いできてよかったです。

ma.ta./o.a.i.de.ki.te./yo.ka.tta.de.su.

很高興能再與您見面。

• track 183

● 實用會話 1 ●

Ⓐ 鈴木さん、おはようございます。

su.zu.ki.sa.n./o.ha.yo.u./go.za.i.ma.su.

早安,鈴木太太。

Ⓑ あらっ、田中さん、おはようございます。

a.ra./ta.na.ka.sa.n./o.ha.yo.u./go.za.i.ma.su.

喔,早安,田中太太。

Ⓐ 今日はいい天気ですね。

kyo.u.wa./i.i.te.n.ki.de.su.ne.

今天天氣真好。

Ⓑ そうですね。涼しくて気持ちがいいです。

so.u.de.su.ne./su.zu.shi.ku.te./ki.mo.chi.ga./i.i.de.su.

是啊,涼爽的天氣真是舒服。

Ⓐ あっ、はじめまして、田中と申します。

a./ha.ji.me.ma.shi.te./ta.na.ka.to./mo.u.shi.ma.su.

啊,你好,初次見面,敝姓田中。

Ⓒ はじめまして、橋本と申します。

ha.ji.me.ma.shi.te./ha.shi.mo.to.to./mo.u.shi.ma.su.

你好,初次見面,敝姓橋本。

Ⓐ わたしは上の階に住んでいます。これからもよろしくお願いします。

wa.ta.shi.wa./u.e.no.ka.i.ni./su.n.de.i.ma.su./ko.re.ka.ra.mo./yo.ro.shi.ku./o.ne.ga.i.shi.ma.su.

我住在樓上。今後也請多多指教。

• track 184

● 實用會話 2 ●

Ⓐ こんにちは。

ko.n.ni.chi.wa.

你好。

Ⓑ 大丈夫ですか？顔色が悪そうです。

da.i.jo.u.bu.de.su.ka./ka.o.i.ro.ga./wa.ru.so.u.de.su.

你還好嗎，氣色看起來有點差。

Ⓐ ええ、ちょっと風邪を引いたんです。

e.e./cho.tto.ka.ze.o./hi.i.ta.n.de.su.

是啊，我感冒了。

Ⓑ 大変ですね。お医者さんにもう診てもらいま
したか？

ta.i.he.n.de.su.ne./o.i.sha.sa.ni.mo.u./mi.te.mo.ra.i.
ma.shi.ta.ka.

真是糟糕，去看過醫生了嗎？

Ⓐ いいえ、今日行こうと思います。

i.i.e./kyo.u.i.ko.u.to./o.mo.i.ma.su.

還沒，打算今天去。

• track 185

2. 問路

⊃ あのう、すみませんが。

a.no.u./su.mi.ma.se.n.ga.

呃，不好意思。

⊃ すみませんが、図書館まではどうやって行きますか？

su.me.ma.se.n.ga./to.sho.ka.n.ma.de.wa./do.u.ya.tte./i.ki.ma.su.ka.

不好意思，請問到圖書館該怎麼走。

⊃ すみませんが、図書館はどこですか？

su.mi.ma.se.n.ga./yo.sho.ka.n.wa./do.ko.de.su.ka.

請問，圖書館在哪裡？

⊃ すみませんが、図書館ってどの辺にありますか？

su.mi.ma.se.n.ga./to.sho.ka.n.tte./do.no.he.n.ni./a.ri.ma.su.ka.

不好意思，請問圖書館在哪邊？

⊃ 図書館はどこにありますか？

to.sho.ka.n.wa./do.ko.ni./a.ri.ma.su.ka.

圖書館在哪裡呢？

⊃ このバスは市役所行きですか？

ko.no.ba.su.wa./shi.ya.ku.sho.yu.ki./de.su.ka.

這班公車有到市公所嗎？

○ すみませんが、この辺に図書館がありませんか？

su.mi.ma.se.n.ga./ko.ni.he.n.ni./to.sho.ka.n.ga./a.ri.ma.se.n.ka.

不好意思，請問這附近有圖書館嗎？

○ 図書館へはどうやって行けばいいでしょうか？

to.sho.ka.n.e.wa./do.u.ya.tte.i.ke.ba./i.i.de.sho.u.ka.

圖書館該怎麼去呢？

○ ここはどこですか？

ko.ko.wa./do.ko.de.su.ka.

這裡是哪裡？

○ どうやって行きますか？

do.u.ya.tte./i.ki.ma.su.ka.

怎麼走？

○ 何で行きますか？

na.n.de./e.ki.ma.su.ka.

該用什麼方式到達？

○ どこですか？

do.ko.de.su.ka.

在哪裡呢？

○ こっちですか？

ko.cchi.de.su.ka.

是這裡嗎？

• track 186

2-1. 回答問路

⮕ 二番目の交差点を右に曲がります。

ni.ba.n.me.no./ko.sa.te.n.o./mi.gi.ni.ma.ga.ri.ma.su.

在第二個十字路口向右轉。

⮕ 二つ目の信号を右に曲がります。

fu.ta.tsu.me.no.shi.n.go.o./m.gi.ni.ma.ga.ri.ma.su.

第二個紅綠燈處向右走。

⮕ この道を真っ直ぐ行きます。

ko.mo.mi.chi.o./ma.ssu.gu.i.ki.ma.su.

沿著這條路直走。

⮕ 5番のバスです。「動物園前」でバスを降ります。

go.ba.n.no.ba.su.de.su./do.u.bu.tsu.e.n.ma.e.de./ba.su.o.o.ri.ma.su.

搭乘五號公車，在「動物園前」站下車。

⮕ あのアパートの向こうです。

a.no.a.pa.a.to.no./mu.ko.u.de.su.

就在那棟公寓再過去。

⮕ 真っ直ぐ行って、一つ目の信号を左に曲がります。

ma.ssu.gu.i.tte./hi.to.tsu.me.no.shi.n.go.o./hi.da.ri.ni./ma.ga.ri.ma.su.

一直向前走，然後在第一個紅綠燈處向左轉。

➋ わたしもそこに行くところなんです。そこまで案内します。

wa.ta.shi.mo./so.ko.ni.i.ku./to.ko.ro.na.n.de.su./

so.ko.ma.de./a.n.na.i.shi.ma.su.

我正好要去那兒。我帶你去。

➋ 歩いて十五分くらいですね

a.ru.i.te./ju.u.go.fu.n./ku.ra.i.de.su.ne.

步行大約需要十五分鐘。

➋ 車で十五分くらいですね。

ku.ru.ma.de./ju.u.go.fu.n./ku.ra.i.de.su.ne.

從這兒搭車大約十五分鐘。

➋ 最寄り駅は上野駅です。

mo.yo.ri.e.ki.wa./u.e.no.e.ki.de.su.

最近的車站是上野車站。

➋ ここです。

ko.ko.de.su.

就是這裡。

➋ 通りの右側です。

to.o.ri.no./mi.gi.ga.wa.de.su.

在道路的右側。

➋ 歩いていけます。

a.ru.i.te.i.ke.ma.su.

用走的就能到。

• track 187

● 實用會話 1 ●

A あのう、すみませんが。デパートまではどうやって行きますか？

a.no.u./su.mi.ma.se.n.ga./de.pa.a.to.ma.de.wa./do.u.ya.tte./i.ki.ma.su.ka.

不好意思，請問到百貨公司該怎麼走？

B デパートですか？この道を真っ直ぐ行って、五番目の交差点を右に曲がるとコンビニが見えます。そのコンビニの向こうにあります。

de.pa.a.to.de.su.ka./ko.no.mi.chi.o.ma.ssu.gu.i.tte./go.ba.n.me.no.ko.u.sa.te.n.o./mi.gi.ni.ma.ga.ru.to./ko.n.bi.ni.ga.mi.e.ma.su./so.no.ko.n.bi.ni.ni.no./mu.ko.u.ni.a.ri.ma.su./

百貨公司是嗎？你先直走，在第五個十字路口向右轉，會看到一間便利商店。就在便利商店再過去。

A ちょっと遠いですね。バスで行けますか？

cho.tto.to.o.i.de.su.ne./ba.su.de./i.ke.ma.su.ka.

有點遠呢。有公車可以到達那裡嗎？

B はい、市民センター行きのバスに乗って、「デパート前」で降ります。

ha.i./shi.me.n.se.n.ta.a.yu.ki./no.ba.su.ni.no.tte./de.pa.a.to.ma.e.de./o.ri.ma.su.

有的，你可以搭往市民中心的公車，然後在「百貨公司前」這一站下車。

● track 188

● 實用會話 2 ●

Ⓐ 何かお困りですか？

na.ni.ka./o.ko.ma.ri.de.su.ka.

有什麼問題嗎？

Ⓑ あっ、すみません。sogo に行きたいんですが
…。

a./su.mi.ma.se.n./sogoni./i.ki.ta.i.n.de.su.ga.

是的。我正在找 sogo 百貨。

Ⓐ sogo ですか？まずはこの横断歩道を渡ると
右へ行って、三つ目の信号を左に曲がってく
ださい。真っ直ぐ行くと右側に見えます。

sogo.de.su.ka./ma.zu.wa./ko.no.o.u.da.n.ho.do.u.o.
wa.ta.ru.to./mi.gi.e.i.tte./mi.tsu.me.no.shi.n.go.u.
o./hi.da.ri.ni.ma.ga.tte./ku.da.sa.i./ma.ssu.gu.i.ku.
to./mi.gi.ga.wa.ni.mi.e.ma.su.

sogo 百貨是嗎？首先，過了這條斑馬線後向右
走，在第三個紅燈處向左轉。接著再直走，
就可以看到它在你的右手邊。

Ⓑ すみません、地図を描いてくれませんか？

su.mi.ma.se.n./chi.zu.o./ka.i.te./ku.re.ma.se.n.ka.

不好意思，可以請你畫地圖給我嗎？

Ⓐ いいですよ。紙がありませんか？

i.i.de.su.yo./ka.mi.ga./a.ri.ma.se.n.ka.

沒問題。你有帶紙嗎？

• track 189

3. 打電話

○ もしもし、卓弥さんはいらっしゃいますか？

mo.shi.mo.shi./ta.ku.ya.sa.n.wa./i.ra.ssha.i.ma.su.ka.

你好！卓彌先生在嗎？

○ 大田ですが、鈴木さんはいらっしゃいますか？

o.o.ta.de.su.ga./su.zu.ki.sa.n.wa./i.ra.ssha.i.ma.su.ka.

我是大田，請問鈴木先生在嗎？

○ もしもし、玲子？

mo.shi.mo.shi./re.i.ko.

你好！玲子嗎？

○ お父さんはいらっしゃる？

o.to.u.sa.n.wa./i.ra.ssha.ru.

令尊在家嗎？

○ 営業部の堂本さんをお願いします。

e.i.gyo.u.bu.no./do.u.mo.to.sa.n.o./o.ne.ga.i.shi.ma.su.

請幫我接業務部的堂本先生。

○ もしもし、森田さんのお宅ですか？

mo.shi.mo.shi./mo.ri.ta.sa.n.no./o.ta.ku.de.su.ka.

請問是森田先生家嗎。

➲ 後ほどまた電話をします。

no.chi.ho.do./ma.ta.de.n.wa.o.shi.ma.su.

稍後會再打電話來。

➲ 伝言をお願いできますか？

de.n.go.n.o./o.ne.ga.i./de.ki.ma.su.ka.

可以請你幫我留言嗎？

➲ 伝言をお願いします。

de.n.go.n.o./o.ne.ga.i.shi.ma.su.

請幫我留言。

➲ 中井から電話があったことを伝えていただけますか？

na.ka.i.ka.ra./de.wa.ga.a.tta.ko.to.o./tsu.ta.e.te.i.ta.da.ke.ma.su.ka.

請轉達中井曾經打電話來過。

➲ また掛けなおします。

ma.ta./ka.ke.na.o.shi.ma.su.

我等一下再打來。

➲ メッセージをお願いしたいのですが。

me.sse.e.ji.o./o.ne.ga.i./shi.ta.i.no.de.su.ga.

我想要留言。

➲ また連絡します。

ma.ta./re.n.ra.ku.shi.ma.su.

我會再打來。

• track 190

3-1. 接電話

⊃ はい。佐藤です。

ha.i./sa.to.u.de.su.

我是佐藤。

⊃ どちら様でしょうか？。

do.chi.ra.sa.ma./de.sho.u.ka.

請問您是哪位？

⊃ はい、少々お待ちください。

ha.i./sho.u.sho.u./o.ma.chi.ku.da.sa.i.

請稍待。

⊃ あいにくまだ帰っておりませんが…。

a.i.ni.ku./ma.da.ka.e.tte./o.ri.ma.se.n.ga.

不巧他還沒回來。

⊃ 話中です。もう一度おかけ直しください。

ha.na.shi.chu.u.de.su./mo.u.i.chi.do./o.ka.ke.na.o.shi.te./ku.da.sa.i.

電話占線中。請再撥一次。

⊃ 智久は今留守にしていますが。

to.mo.hi.sa.wa./i.ma./ru.su.ni.shi.te.i.ma.su.ga.

智久現任不在家。

⊃ お電話代わりました。佐藤です。

o.de.n.wa.ka.wa.ri.ma.shi.ta./sa.to.u.de.su.

電話換人接聽了，我是佐藤。

➲ ご伝言を承りましょうか？

go.de.n.go.no./u.ke.ta.ma.wa.ri.shi.ma.sho.u.ka.

你需要留言嗎？

➲ 伝言をお伝えしましょうか？

de.n.go.no./o.tsu.ta.e.shi.ma.sho.u.ka.

我能幫你留言嗎？

➲ 間違い電話です。

ma.chi.ga.i.de.n.wa.de.su.

你打錯電話了。

➲ 田中は今席を外しておりますが。

ta.na.ka.wa./i.ma./se.ki.o.ha.zu.shi.te./o.ri.ma.su.ga.

田中現在不在位置上。

➲ はい、よろしいです。

ha.i./yo.ro.shi.i.de.su.

好的，可以。

➲ お名前を伺ってよろしいですか？

o.na.ma.e.o./u.ka.ga.tte./yo.ro.shi.i.de.su.ka.

請問大名。

➲ 夜に掛けなおしていいかな？

yo.ru.ni./ka.ke.na.o.shi.te./i.i.ka.na.

晚上打給你可以嗎？

➲ すいません。バタバタしてしまって。

su.i.ma.se.n./ba.ta.ba.ta.shi.te./shi.ma.tte.

不好意思，我要先去忙了。

• track 191

● 實用會話 1

Ⓐ もしもし、桜井さんのお宅でしょうか？

mo.shi.mo.shi./sa.ku.ra.i.sa.n.o.o.ta.ku./de.sho.u.ka.

喂，請問是櫻井先生家嗎？

Ⓑ はい、そうです。

ha.i./so.u.de.su.

是的。

Ⓐ 木村と申しますが、秀子さんはいらっしゃいますか？

ki.mu.ra.to.mo.u.shi.ma.su.ga./hi.de.ko.sa.n.wa./i.ra.ssha.i.ma.su.ka.

敝姓木村，請問秀子小姐在嗎？

Ⓑ 秀子は今留守にしていますが…。

hi.de.ko.wa./i.ma.ru.su.ni.shi.te.i.ma.su.ga.

秀子現在不在家。

Ⓐ あ、そうですか。じゃ、伝言をお願いできますか？

a./so.u.de.su.ka./ja./de.n.go.n.o./o.ne.ga.i./de.ki.ma.su.ka.

是嗎，那麼可以請你幫我留言嗎？

● 實用會話 2 ●

Ⓐ おはようございます。小泉ソフトでございま
す。

o.ha.yo.u./go.za.i.ma.su./ko.i.zu.mi.so.fu.to./de.go.
za.i.ma.su.

早安，這裡是小泉軟體公司。

Ⓑ 渡辺商社の金田ですが、営業部の高橋さんを
お願いします。

wa.ta.be.sho.u.sha.no./ka.ne.ta.de.su.ga./e.i.gyo.u.
bu.no./ta.ka.ha.shi.sa.n.o./o.ne.ga.i.shi.ma.su.

我是渡邊商社的金田，請幫我接業務部的高橋
先生。

Ⓐ はい、少々お待ちください。

ha.i./sho.u.sho.u./o.ma.chi.ku.da.sa.i.

好的，請稍待。

Ⓒ もしもし、お電話代わりました。高橋です。

mo.shi.mo.shi./o.de.n.wa.ka.wa.ri.ma.shi.ta./ta.ka.
ha.shi.de.su.

喂，電話換人接聽了，我是高橋。

Ⓑ 高橋さんですか？おはようございます。
金田です。

ta.ka.ha.shi.sa.n.de.su.ka./o.ha.yo.u./go.za.i.ma.
su./ka.ne.da.de.su.

高橋先生嗎，早安，我是金田。

• track 193

4. 詢問時間與日期

❍ 今、何時か？

i.ma./na.n.ji.de.su.ka.

現在幾點？

❍ いつですか？

i.tsu.de.su.ka.

什麼時候？

❍ 今日は何曜日ですか？。

kyo.u.na.n.yo.u.bi.de.su.ka.

今天星期幾？

❍ どのくらいですか？

do.no.ku.ra.i.de.su.ka.

需要多久時間？

❍ 何時から何時までですか？

na.n.ji.ka.ra./na.n.ji.ma.de./de.su.ka.

幾點到幾點呢？

❍ 何日ですか？

na.n.ni.chi.de.su.ka.

幾號呢？

❍ 何時何分ですか？

na.n.ji.na.n.bu.n.de.su.ka.

幾點幾分呢？

➲ いつ帰りますか？

i.tsu.ka.e.ri.ma.su.ka.

何時回去？

➲ いつ台湾に来ましたか？

i.tsu.ta.i.wa.n.ni./ki.ma.shi.ta.ka.

何時來台灣的？

➲ お誕生日はいつですか？

o.ta.n.jo.u.bi.wa./i.tsu.de.su.ka.

生日是什麼時候？

➲ いつからですか？

i.tsu.ka.ra.de.su.ka.

什麼時候開始？

➲ 十時からでしょう？

ju.u.ji.ka.ra.de.sho.u.

是十點吧？

➲ 長いですか？

na.ga.i.de.su.ka.

很久嗎？

➲ お届け日とお届け時間がご指定できますが、いかがなさいますか？

o.to.do.ke.bi.to./o.to.do.ke.ji.ka.n.ga./go.shi.te.i.de.ki.ma.su.ga./i.ka.ga.na.sa.i.ma.su.ka.

可以指定送達的日期和時間。要指定嗎？

• track 194

4-1. 回答時間與日期

○ 七時です。

shi.chi.ji.de.su.

七點整。

○ 三時半です。

sa.n.ji.ha.n.de.su.

三點半。

○ 一月九日です。

i.chi.ga.tsu./ko.ko.no.ka.de.su.

一月九日。

○ 五時から八時までです。

go.ji.ka.ra./ha.chi.ji.ma.de.de.su.

五點到八點。

○ 六時間かかります。

ro.ku.ji.ka.n./ka.ka.ri.ma.su.

要花六小時。

○ 午前二時です。

go.ze.n./ni.ji.de.su.

凌晨兩點。

○ 午後九時です。

go.go./ku.ji.de.su.

晚上九點。

○ 十二時まであと五分。

ju.u.ni.ji.ma.de./a.to.go.fu.n.

差五分鐘十二點。

○ 二泊三日です。

ni.ha.ku./mi.kka.de.su.

三天兩夜。

○ 今日は祝日です。

kyo.u.wa./shu.ku.ji.tsu.de.su.

今天是國定假日。

○ 届け時間は八時から十二時にしていただけますか？

to.do.ke.ji.ka.n.wa./ha.chi.ji.ka.ra./ju.u.ni.ji.ni./
si.te./i.ta.da.ke.ma.su.ka.

可以請你在八點到十二點間送來嗎？

○ 明日までに出してください。

a.shi.ta.ma.de.ni./da.shi.te./ku.da.sa.i.

請在明天前交出來。

○ 四時十分前です。

yo.n.ji.ju.ppu.n.ma.e.de.su.

三點五十分。

○ 六時半に駅前で待ち合わせましょう。

ro.ku.ji.ha.n.ni./e.ki.ma.e.de./ma.chi.a.wa.se.ma.
sho.u.

六點半在車站前碰面。

• track 195

● 實用會話 1 ●

Ⓐ 来週の会議は何曜日ですか？

ra.i.shu.u.no.ka.i.gi.wa./na.n.yo.u.bi.de.su.ka.

下週的會議是星期幾？

Ⓑ 金曜日です。

ki.n.yo.u.bi.de.su.

星期五。

Ⓐ 何時からですか？

na.n.ji.ka.ra.de.su.ka.

幾點開始呢？

Ⓑ 九時十五分からです。

ku.ji./ju.u.go.fu.n.ka.ra.de.su.

九點十五分開始。

Ⓐ 分かりました。ありがとう。

wa.ka.ri.ma.shi.ta./a.ri.ga.to.u.

知道了，謝謝。

• track 196

● 實用會話 2 ●

Ⓐ スーパーホテルでございます。

su.u.pa.a.a.ho.te.ru./de.go.za.i.ma.su.

這裡是 super hotel。

Ⓑ 予約をお願いします。

yo.ya.ku.o./o.ne.ga.i.shi.ma.su.

麻煩你，我想要預約。

Ⓐ いつのお泊りですか？

i.tsu.no./o.to.ma.ri.de.su.ka.

要預約哪一天呢？

Ⓑ 十二日の火曜日から十四日の木曜日まで三泊したいんですが。

ju.u.ni.ni.chi.no./ka.yo.u.bi.ka.ra./ju.u.yo.kka.no./mo.ku.yo.u.bi.ma.de./sa.n.ha.ku.shi.ta.i.n.de.su.ga.

我想預約十二日星期二到十四日星期四，三個晚上。

Ⓐ かしこまりました。シングルですか、ツインですか？

ka.shi.ko.ma.ri.ma.shi.ta./shi.n.gu.ru.de.su.ka./tsu.i.n.de.su.ka.

好的。請問是要單人房還是雙人房。

Ⓑ シングルをお願いします。

shi.n.gu.ru.o./o.ne.ga.i.shi.ma.su.

我要單人房。

• track 197

5. 談興趣

⊃ どんなジャンルの音楽が好きですか？

do.n.na.ja.n.ru.no.o.n.ga.ku.ga./su.ki.de.su.ka.

你喜歡什麼類型的音樂？

⊃ どんなスポーツが好きですか？

do.n.na.su.po.o.tsu.ga./su.ki.de.su.ka.

你喜歡什麼類型的運動？

⊃ どんなジャンルの本が好きですか？

do.n.na.ja.n.ru.no.ho.n.ga./su.ki.de.su.ka.

你喜歡什麼類型的書本？

⊃ 一番好きな本は何ですか？

i.chi.ba.n.su.ki.na.ho.n.wa./na.n.de.su.ka.

你最喜歡什麼書？

⊃ 昨日の映画はどうですか？

ki.no.u.no.e.i.ga.wa./do.u.de.su.ka.

昨天那部電影怎麼樣？

⊃ 俳優で一番好きなのは誰ですか？

ha.i.yu.u.de./i.chi.ba.n.su.ki.na.no.wa./da.re.de.
su.ka.

你最喜歡的男演員是誰？

⊃ 女優で一番好きなのは誰ですか？

jo.yu.u.de./i.chi.ba.n.su.ki.na.no.wa./da.re.de.su.ka.

你最喜歡的女演員是誰？

○ 一番好きな歌手は誰ですか？

i.chi.ba.n.su.ki.na.ka.shu.wa./da.re.de.su.ka.

你最喜歡的歌手是誰？

○ この音楽が好きですか？

ko.no.o.n.ga.ku.ga./su.ki.de.su.ka.

你喜歡這音樂嗎？

○ これ、好きですか？

ko.re./su.ki.de.su.ka.

你喜歡這個嗎？

○ どんな趣味をお持ちですか？

do.n.na.shu.mi.o./o.mo.chi.de.su.ka.

你的興趣是什麼？

○ 暇なときに何してるの？

hi.ma.na.to.ki.ni./na.ni.shi.te.ru.no.

閒暇時都做些什麼？

○ 趣味の一つや二つ持ちましょう。

shu.mi.no./hi.to.tsu.ya.fu.ta.tsu./mo.chi.ma.sho.u.

培養一兩個興趣吧！

○ 芸は身を助けるといいます。

ge.i.wa./mi.o.ta.su.ke.ru./to.i.i.ma.su.

聽說有一技之長是好的。

• track 198

5-1. 回答興趣

➲ 本を読むことが好きです。

ho.n.o.yo mu.ko.to.ga./su.ki.de.su.

我喜歡讀書。

➲ このアーティストが大好きです。

ko.no.a.a.ti.su.to.ga./da.i.su.ki.de.su.

我很喜歡這位歌手。

➲ いい映画だと思います。

i.i.e.i.ga.da./to.o.mo.i.ma.su.

我認為這部電影很棒。

➲ 私も大好きです。

wa.ta.shi.mo.da.i.su.ki.de.su.

我也非常喜歡它。

➲ 最近はこれにはまっています。

sa.i.ki.n.wa./ko.re.ni.ha.ma.tte.i.ma.su.

我最近對此很著迷。

➲ 興味があります。

kyo.u.mi.ga./a.ri.ma.su.

我對此很感興趣。

➲ 最高です。

sa.i.ko.u.de.su.

太棒了。

➲ あまり好きではありません。

a.ma.ri.su.ki.de.wa./a.ri.ma.se.n.

我不喜歡。

➲ 嫌いです。

ki.ra.i.de.su.

我討厭它。

➲ 聞くに耐えません。

ki.ku.ni.ta.e.ma.se.n.

不值一聽。

➲ ゲームってわたしの趣味と言えるかな。

ge.e.mu.tte./wa.ta.shi.no.shu.mi./to.i.e.ru.ka.na.

打電動可以算是我的興趣吧！

➲ 趣味ってほどではありませんが。

shu.mi.tte.ho.do./de.wa.a.ri.ma.se.n.ga.

還稱不上是興趣，但……。

➲ 下手の横好きですね。

he.ta.no./yo.ko.zu.ki.de.su.ne.

（雖然喜歡）還不太拿手。

➲ 絵を描いたりしています。

e.o.ka.i.ta.ri./shi.te.i.ma.su.

有時會從事繪畫。

• track 199

● 實用會話 1 ●

🅐 前田さんの趣味は何ですか？

ma.e.da.sa.n.no.shu.mi.wa./na.n.de.su.ka.

前田先生的興趣是什麼？

🅑 わたしは音楽を聴くことが好きです。

wa.ta.shi.wa./o.n.ga.ku.o.ki.ku.ko.to.ga./su.ki.de.su.

我喜歡聽音樂。

🅐 そうですか？どんなジャンルの音楽が好きですか？

so.u.de.su.ka./do.n.na.ja.n.ru.no.o.n.ga.ku.ga./su.ki.de.su.ka.

這樣啊，你喜歡什麼樣類型的音樂呢？

🅑 J-Popです。一番好きなアーティストはミスチルです。

j-pop.de.su./i.chi.ba.n.su.ki.na.a.a.ti.su.to.wa./mi.su.chi.ru.de.su.

我喜歡日本流行音樂。最喜歡的歌手是Mr.Children。

🅐 わたしもよくミスチルの歌を聴いてます。

wa.ta.shi.mo./yo.ku.mi.su.chi.ru.no.u.ta.o./ki.i.te.ma.su.

我也常常聽他們的音樂。

• track 200

● 實用會話 2 ●

Ⓐ 恵美さんはどんな本をよく読んでいますか？

e.mi.sa.n.wa./do.n.na.ho.no./yo.ku.yo.n.de.i.ma.su.ka.

惠美小姐平時都讀些什麼書呢？

Ⓑ 本は、やっぱり推理小説が一番好きです。友恵さんは？

ho.n.wa./ya.ppa.ri.su.i.ri.sho.u.se.tsu.ga./i.chi.ba.n.su.ki.de.su./to.mo.e.sa.n.wa.

書的話，我最喜歡推理小說。友美小姐呢？

Ⓐ わたしも推理小説が大好きですよ。

wa.ta.shi.mo./su.ri.sho.u.se.tsu.ga./da.i.su.ki.de.su.

我也喜歡推理小說。

Ⓑ じゃ、友恵さんが一番好きな小説家は誰ですか？

ja./to.mo.e.sa.n.ga./i.chi.ba.n.su.ki.na./sho.u.se.tsu.ka.wa./da.re.de.su.ka.

那麼，友美小姐最喜歡的小說家是誰呢？

Ⓐ 伊坂幸太郎です。

i.sa.ka.ko.u.ta.ro.u.de.su.

我最喜歡伊坂幸太郎。

6. 原諒與遺憾

❍ すみません。

su.mi.ma.se.n.

抱歉。

❍ ごめんなさい。

go.me.n.na.sa.i.

對不起。

❍ すみませんでした。

su.mi.ma.se.n.de.shi.ta.

真是抱歉。

❍ 申し訳ありません。

mo.u.shi.wa.ke./a.ri.ma.se.n.

深感抱歉。

❍ 申し訳ございません。

mo.u.shi.wa.ke./go.za.i.ma.se.n.

深感抱歉。

❍ 遅くてすみません。

o.so.ku.te./su.mi.ma.se.n.

不好意思，我遲到了。

❍ 失礼します。

shi.tsu.re.i.shi.ma.su.

不好意思。

❍ 許してください。

yu.ru.shi.te./ku.da.sa.i.

請原諒我。

❍ お邪魔します。

o.ja.ma.shi.ma.su.

打擾了。

❍ 恐れ入ります。

o.so.re.i.ri.ma.su.

抱歉打擾了。

❍ すまん。

su.ma.n.

歹勢。

❍ ごめんね。

go.me.n.ne.

不好意思啦！

❍ ご迷惑をおかけしました。

go.me.i.wa.ku.o./o.ka.ke.shi.ma.shi.ta.

給您添麻煩了。

❍ 大目で見てください。

o.o.me.de./mi.te./ku.da.sa.i.

請多多包涵。

❍ わたしが悪いです。

wa.ta.shi.ga./wa.ru.i.de.su.

都是我不好。

• track 202

6-1. 回應原諒與遺憾

❍ 大丈夫です。
da.i.jo.u.bu.de.su.
沒關係！

❍ かまいません。
ka.ma.i.ma.se.n.
沒關係！

❍ 大したことではありません。
ta.i.shi.ta.ko.to./de.wa.a.ri.ma.se.n.
沒什麼！

❍ あなたのせいじゃない。
a.na.ta.no.se.i.ja.na.i.
不是你的錯！

❍ 気にしないで。
ki.ni.shi.na.i.de.
不要在意！

❍ いえいえ。
i.e.i.e.
不要緊的！

❍ 平気平気。
he.i.ki./he.i.ki.
沒關係！

➲ いいえ。

　i.i.e.

　沒關係！

➲ 心配^{しんぱい}しないで。

　shi.n.pa.i.shi.na.i.de.

　別為此事擔心！

➲ こちらこそ。

　ko.chi.ra.ko.so.

　我才感到抱歉。

➲ いいのよ。

　i.i.no.yo.

　沒關係啦！

➲ ぜんぜん気^きにしていません。

　ze.n.ze.n./ki.ni.shi.te./i.ma.se.n.

　我一點都不在意。

➲ いいや。

　i.i.ya.

　不會。

➲ こっちのほうは気^きにしなくても大丈夫^{だいじょうぶ}だよ。

　ko.cchi.no.ho.u.wa./ki.ni.shi.na.ku.te.mo./da.i.jo.
　u.bu.de.su.

　不用在乎我的想法。

• track 203

● 實用會話 1 ●

Ⓐ こちらは102号室です。エアコンの調子が悪いようです。

ko.chi.ra.wa./hya.ku.ni.go.shi.tsu.de.su./e.a.ko.n.
no.cho.u.shi.ga./wa.ru.i.yo.u.de.su.

這裡是102號房,這裡的空調怪怪的。

Ⓑ どのような状態ですか?

do.no.yo.u.na.jo.u.ta.i.de.su.ka.

是什麼樣的情形呢?

Ⓐ 冷房が効かなくて、部屋がとても暑いです。

re.i.bo.u.ga./ki.ka.na.ku.te./he.ya.ga./to.te.mo.a.
tsu.i.de.su.

冷氣一點都不冷,房間變得很熱。

Ⓑ 申し訳ありません。ただいま点検します。

mo.u.shi.wa.ke./a.ri.ma.se.n./ta.da.i.ma.te.n.ke.n.
shi.ma.su.

實在很抱歉,我們馬上檢查。

Ⓐ ありがとう。

a.ri.ga.to.u.

謝謝。

• track 204

● 實用會話 2 ●

🅐 ごめんください。

go.me.n./ku.da.sa.i.

不好意思。

🅑 はい、どなた様ですか？

ha.i./do.na.ta.sa.ma.de.su.ka.

哪位呢？

🅐 上の階の田中です。あのう…音楽の音が
ちょっと大きいんですが、もう少し、小さく
してもらえないでしょうか？

u.e.no.ka.i.no.ta.na.ka.de.su./a.no./o.n.ga.ku.no.o.
to.ga./cho.tto.o.o.ki.i.n.de.su.ga./mo.u.su.ko.shi./
chi.i.sa.ku.shi.te./mo.ra.e.na.i.de.sho.u.ka.

我是樓上的田中。呃…音樂聲有點大，可以請
你調小聲一點嗎？

🅑 あっ、すみません。気がつかなくて。すぐ
小さくします。

a./su.mi.ma.se.n./ki.ga.tsu.ka.na.ku.te./su.gu.chi.i.
sa.ku.shi.ma.su.

哎呀！對不起，我沒有注意到。我馬上調小
聲。

• track 205

7. 閒聊

➌ 北海道へ行ったことがありますか？

ho.kka.i.do.u.e./i.tta.ko.to.ga./a.ri.ma.su.ka.

你有去過北海道嗎？

➌ 海外旅行をしたことがありますか？

ka.i.ga.i.ryo.ko.u.o./shi.ta.ko.to.ga./a.ri.ma.su.
ka.

你有去過國外旅行嗎？

➌ ライブに行ったことがありますか？

ra.i.bu.ni./i.tta.ko.to.ga./a.ri.ma.su.ka.

你有去過演唱會嗎？

➌ 小田切譲の映画を見たことがありますか？

o.da.gi.ri.jo.u.no.e.i.ga.o./mi.ta.ko.to.ga./a.ri.ma.
su.ka.

你有看過小田切讓的電影嗎？

➌ ベトナム料理を食べたことがありますか？

be.to.na.mu.ryo.u.ri.o./ta.be.ta.ko.to.ga./a.ri.ma.
su.ka.

你有吃過越南食物嗎？

➌ ビールを飲んだことがありますか？

bi.i.ru.o./no.n.da.ko.to.ga./a.ri.ma.su.ka.

你有喝過啤酒嗎？

➲ 留学の経験がありますか？。

ryu.u.ga.ku.no.ke.i.ke.n.ga./a.ri.ma.su.ka.

你有留學的經驗嗎？

➲ 彼氏とけんかしたことがありますか？

ka.re.shi.to.ke.n.ka.shi.ta.ko.to.ga./a.ri.ma.su.ka.

你曾和男友吵過架嗎？

➲ 有名人に会ったことがありますか？

yu.u.me.i.ji.n.ni./a.tta.ko.to.ga./a.ri.ma.su.ka.

你遇過名人嗎？

➲ 道に迷ったことがありますか？

mi.chi.ni.ma.yo.tta.ko.to.ga./a.ri.ma.su.ka.

你迷過路嗎？

➲ 実家はどこですか？

ji.kka.wa./do.ko.de.su.ka.

你是哪裡人？

➲ お仕事は？

o.shi.go.to.wa.

請問你從事什麼職業？

➲ 今、学生ですか？

i.ma./ga.ku.se.i.de.su.ka.

你現在還是學生嗎？

➲ 芸能人なら誰が好き？

ge.i.no.u.ji.n.na.ra./da.re.ga./su.ku.

你喜歡哪個藝人？

• track 206

7-1. 回應閒聊

つ あります。
a.ri.ma.su.
我有。

つ はい、一応。
ha.i./i.chi.o.u.
有的,算是。

つ はい、したことがあります。
ha.i./shi.ta.ko.to.ga./a.ri.ma.su.
有的,我有做過。

つ はい、去年しました。
ha.i./kyo.ne.n.shi.ma.shi.ta.
有的,我去年有做過。

つ いいえ、ありません。
i.i.e./a.ri.ma.se.n.
沒有,我沒有。

つ いいえ、したことがありません。
i.i.e./shi.ta.ko.to.ga./a.ri.ma.se.n.
沒有,不曾做過。

つ いいえ、食べたことがありません。
i.i.e./ta.be.ta.ko.to.ga./a.ri.ma.se.n.
沒有,我沒有吃過。

❍ いいえ、行ったことがありません。

i.i.e./i.tta.ko.to.ga./a.ri.ma.se.n.

沒有，我以前沒有去過。

❍ 思い出せません。

o.mo.i.da.se.ma.se.n.

想不起來。

❍ 祖父は名古屋出身だったので。

so.fu.wa./na.go.ya.shu.sshi.n./da.tta.no.de.

我的祖父是名古屋人。

❍ 営業の仕事をしています。

e.i.gyo.u.no.shi.go.to.o./shi.te.i.ma.su.

我是業務員。

❍ 経済学科の学生です。

ke.i.za.i.ga.kka.no./ga.ku.se.i.de.su.

我讀經濟系。

❍ 一年生です。

i.chi.ne.n.se.i.de.su.

我現在是一年級。

❍ サザンの歌が大好きです。

sa.za.n.no.u.ta.ga./da.i.su.ku.de.su.

我喜歡聽南方之星的歌。

• track 207

● 實用會話 1 ●

Ⓐ 木村さんは日本へ行ったことがありますか？

ki.mu.ra.sa.n.wa./ni.ho.n.e./i.tta.ko.to.ga./a.ri.ma.su.ka.

木村先生，你有去過日本嗎？

Ⓑ はい、去年の夏に行きましたけど、何ですか？

ha.i./kyo.ne.n.no.na.tsu.ni./i.ki.ma.shi.ta.ke.do./na.n.de.su.ka.

有啊，我去年夏天有去過那裡。為什麼這麼問？

Ⓐ 実は、来月に日本へ行くことになったんです。

ji.tsu.wa./ra.i.ge.tsu.ni./ni.ho.n.e./i.ku.ko.to.ni./na.tta.n.de.su.

我下個月要去日本。

Ⓑ 旅行ですか？

ryo.ko.u.de.su.ka.

去旅行嗎？

Ⓐ いいえ、会社の日本支社へ転勤することになりました。

i.i.e./ka.i.sha.no.ni.ho.n.shi.sha.e./te.n.ki.n.su.ru.ko.to.ni./na.ni.ma.shi.ta.

不，我調職到公司的日本分社去。

● 實用會話 2 ●

Ⓐ 留学の経験がありますか？

ryu.u.ga.ku.no.ke.i.ke.n.ga./a.ri.ma.su.ka.

你曾經留過學嗎？

Ⓑ ありますよ。アメリカに五年間留学していました。

a.ri.ma.su.yo./a.me.ri.ka.ni./go.ne.n.ka.n.ryu.u.ga.
ku.shi.te./i.ma.shi.ta.

有啊，曾經在美國留學五年。

Ⓐ じゃ、英語は上手でしょうね。

ja./e.i.go.wa./jo.u.zu.de.sho.u.ne.

那麼英文一定說得很好吧。

Ⓑ そんなことありませんよ。最初に行ったとき、何もしゃべれませんでした。

so.n.na.ko.to.a.ri.ma.sc.n/yo./sa.i.sho.ni./i.tta.to.ki./
na.ni.mo./sha.be.re.ma.se.n.de.shi.ta.

才沒有呢！剛開始時什麼都不會講。

Ⓐ じゃ、どのように言いたいことを伝えましたか？

ja./do.no.yo.u.ni./i.i.ta.i.ko.to.o./tsu.ta.e.ma.shi.ta.
ka.

那麼，怎麼表達自己的意見呢？

• track 209

8. 主動提供幫助

❍ どうしましたか？

do.u.shi.ma.shi.ta.ka.

怎麼了嗎？

❍ お持ちしましょうか？

o.mo.chi.shi.ma.sho.u.ka.

需要我幫你拿嗎？

❍ 何かお困りですか？

na.ni.ka./o.ko.ma.ri.de.su.ka.

有什麼困擾嗎？

❍ お手伝いしましょうか？

o.te.tsu.da.i.shi.ma.sho.u.ka.

讓我來幫你。

❍ 荷物を運ぶのを手伝いましょうか？

ni.mo.tsu.o./ha.ko.bu.no.o./te.tsu.da.i.ma.sho.u.ka.

這個我來幫你拿行李吧！

❍ 任せてください。

ma.ka.se.te.ku.da.sa.i.

交給我吧！

❍ 大丈夫ですか？

da.i.jo.u.bu.de.su.ka.

有什麼問題嗎？

➲ 何か御用があれば、お呼びください。

na.ni.ka./go.yo.u.ga.a.re.ba./o.yo.bi.ku.da.sa.i.

有任何需要，請叫我。

➲ 何かありましたらまたお呼びください。

na.ni.ka.a.ri.ma.shi.ta.ra./ma.ta./o.yo.bi.ku.da.sa.
i.

如果有什麼問題，請再叫我。

➲ 手伝おうか？

te.tsu.da.o.u.ka.

我來幫你一把吧！

➲ お替りいかがですか？

o.ka.wa.ri./i.ka.ga.de.su.ka.

要不要再來一碗（杯）？

➲ 駅まで車で送りますよ。

e.ki.ma.de./ku.ru.ma.de./o.ku.ri.ma.su.yo.

我開車送你到車站吧！

➲ どうぞお使いになってください。

do.u.zo./o.tsu.ka.i.ni.na.tte./ku.da.sa.i.

請拿去用。

➲ よかったらこの掃除機、使ってもらえませんか？

yo.ka.tta.ra./ko.no.so.u.ji.ki./tsu.ka.tte./mo.ra.e.
ma.se.n.ka.

不嫌棄的話，請用這臺吸塵器。

• track 210

8-1. 回應提供幫助

つ ありがとうございます。

a.ri.ga.to.u./go.za.i.ma.su.

謝謝你的幫助!

つ 手伝ってくれてありがとう。

te.tsu.da.tte.ku.re.te./a.ri.ga.to.u.

感謝你的協助!

つ どうもわざわざありがとう。

do.u.mo./wa.za.wa.za.a.ri.ga.to.u.

真是太麻煩你了。

つ 感謝いたします。

ka.n.sha.i.ta.shi.ma.su.

誠心感謝。

つ どうも失礼いたしました。

do.u.mo./shi.tsu.re.i.i.ta.shi.ma.shi.ta.

真不好意思麻煩你。

つ すみませんでした。

su.mi.ma.se.n.de.shi.ta.

麻煩你了。

つ 結構です。

ke.kko.dc.su.

我可以自己來。

➲ 遠慮しておきます。

e.n.ryo.shi.te.o.ki.ma.su.

不了。

➲ お気持ちだけ頂戴いたします。

o.ki.mo.chi.da.ke.cho.u.da.i./i.ta.shi.ma.su.

你的好意我心領了。

➲ ありがとう。

a.ri.ga.to.u.

謝啦。

➲ どうもご親切に。

do.u.mo./go.shi.n.se.tsu.ni.

謝謝你的關心。

➲ どうも。お願いします。

do.u.mo./o.ne.ga.i.shi.ma.su.

謝謝，麻煩你了。

➲ いいですか？

i.i.de.su.ka.

可以嗎？

➲ すいません。

su.i.ma.se.n.

不好意思。

• track 211

● 實用會話 1

Ⓐ あのう…すみません。

a.no.u./su.mi.ma.se.n.

呃……不好意思。

Ⓑ はい、どうしましたか?

ha.i./do.u.shi.ma.shi.ta.ka.

怎麼了嗎?

Ⓐ 切符を買いたいんですが、この機械の使い方がわかりません。どうしたらいいですか?

ki.ppu.o.ka.i.ta.i.n.de.su.ga./ko.no.ki.ka.i.no.tsu.ka.i.ka.ta.ga./wa.ka.ri.ma.se.n./do.u.shi.ta.ra./i.i.de.su.ka.

我想要買車票,但不會用這個機器。該怎麼辦呢?

Ⓑ このボタンを押してから、お金を入れてください。

ko.on.bo.ta.n.o./o.shi.te.ka.ra./o.ka.ne.o.i.re.te./ku.da.sa.i.

按下這個按扭後,投入金錢。

Ⓐ えっと、このボタンを押してから、お金を入れるんですね。

e.tto./ko.no.bo.ta.n.o./so.shi.te.ka.ra./o.ka.ne.o./i.re.ru.n.de.su.ne.

嗯…先按這個按扭,再投錢是吧。

• track 212

● 實用會話 2

Ⓐ お忙しいところ、本当にありがとうございました。

o.i.so.ga.shi.i.to.ko.ro./ho.n.to.u.ni./a.ri.ga.to.u./go.za.i.ma.shi.ta.

百忙之中真是太麻煩你了。

Ⓑ いいえ、何か分からないことがあったら、いつでも聞いてください。

i.i.e./na.ni.ka./wa.ka.ra.na.i.ko.to.ga./a.tta.ra./i.tsu.de.mo./ki.i.te.ku.da.sa.i.

不客氣，如果還有什麼不懂的，隨時可以問我。

Ⓐ どうもありがとうございます。また、何かあったら、お願いいたします。

do.u.mo./a.ri.ga.to.u.go.za.i.ma.su./ma.ta./na.ni.ka.a.tta.ra./o.ne.ga.i.i.ta.shi.ma.su.

真的很感謝你。如果有什麼問題，就再麻煩你了。

Ⓑ そんなに、丁寧に言わなくてもいい…。

so.n.na.ni./te.i.ne.i.ni./i.wa.na.ku.te.mo.i.i.

唉呀，別這麼客氣。

• track 213

9. 贊成

❍ そうですね。

so.u.de.su.ne.

就是説啊。

❍ 間違いありません。

ma.chi.ga.i./a.ri.ma.se.n.

肯定是。

❍ おっしゃるとおりです。

o.ssha.ru.to.o.ri.de.su.

正如您所説的。

❍ 賛成です。

sa.n.se.i.de.su.

我完全同意你所説的。

❍ そう思います。

so.u.o.mo.i.ma.su.

那正是我所想的！

❍ もちろんです。

mo.chi.ro.n.de.su.

毫無疑問。

❍ なるほど。

na.ru.ho.do.

原來如此。

➲ そうとも言えます。

so.u.to.mo.i.e.ma.su.

也可以這麼説。

➲ まったくです。

ma.tta.ku.de.su.

真的是。

➲ 確かに。

ta.shi.ka.ni.

確實如此。

➲ はい。

ha.i.

好。

➲ 大賛成。

da.i.sa.n.se.i.

完全同意。

➲ いいね。

i.i.ne.

不錯唷！

➲ いいじゃん。

i.i.ja.n.

還不賴耶！

➲ 問題ないです。

mo.n.da.i.na.i.de.su.

沒問題。

• track 214

9-1. 反對

⊃ さあ。

sa.a.

我不這麼認為。

⊃ そうではありません。

so.u.de.wa./a.ri.ma.se.n.

不是這樣的。

⊃ どうかな。

do.u.ka.na.

是這樣嗎？

⊃ ちょっと違うなあ。

cho.tto.chi.ga.u.na.a.

我不這麼認為。

⊃ 賛成しかねます。

sa.n.se.i.shi.ka.ne.ma.su.

我無法苟同。

⊃ 賛成できません。

sa.n.se.i.de.ki.ma.se.n.

我不贊成。

⊃ 反対です。

ha.n.ta.i.de.su.

我反對。

➲ 言いたいことは分かりますが。

i.i.ta.i.ko.to.wa./wa.ka.ri.ma.su.ga.

雖然你説的也有道理。

➲ 他になんかありますか？

ho.ka.ni./na.n.ka.a.ri.ma.su.ka.

還有其他説法嗎？

➲ いいとは言えません。

i.i.to.wa./i.e.ma.se.n.

我無法認同。

➲ そうじゃないです。

so.u.ja.na.i.de.su.

不是這樣的。

➲ どうだろうなあ。

do.u.da.ro.u.na.a.

不是吧！

➲ 無理です。

mu.ri.de.su.

不可能。

➲ だめだ。

da.me.da.

不可以。

➲ そうかなあ。

so.u.ka.na.a.

真是這樣嗎？

● 實用會話 1 ●

Ⓐ 先生、いけばなの世界はおくが深いんです
ね。

se.n.se.i./i.ke.ba.na.no.se.ka.i.wa./o.ku.ga.fu.ka.i.
n.de.su.ne.

老師，插花的世界真是太深奧了。

- -

Ⓑ おっしゃるとおりです。やればやるほどその
深さに気づくものですよ。

o.ssha.ru.to.o.ri.de.su./ya.re.ba.ya.ru.ho.do./so.no.
fu.ka.sa.ni./ki.zu.ku.mo.no.de.su.yo.

正如您所說，插花是愈學愈覺得深奧。

- -

Ⓐ 最初のうちは何にもできなくて困りました
が。

sa.i.sho.no.u.chi.wa./na.n.ni.mo.de.ki.na.ku.te./ko.
ma.ri.ma.shi.ta.ga.

剛開始的時候，什麼都做不好，真是頭痛。

- -

Ⓑ 今ではうそのようですね。

i.ma.de.wa./u.so.no.yo.u.de.su.ne.

現在想起來還真不可思議呢！

- -

Ⓐ そうですね。

so.u.de.su.ne.

就是說啊。

- -

• track 216

● 實用會話 2

Ⓐ 田中さんはいつも嬉しそうですね。

ta.na.ka.sa.n.wa./i.tsu.mo.u.re.shi.so.u.de.su.ne.

田中先生看起來一直都很開心。

Ⓑ 新しい彼女ができたそうですよ。

a.ta.ra.shi.i.ka.no.jo.ga./de.ki.ta.so.u.de.su.yo.

好像是因為交了新女友。

Ⓐ なるほど、幸せそうです。

na.ru.ho.do./shi.a.wa.se.so.u.de.su.

原來如此，好像很幸福呢！

Ⓑ それだけじゃないですよ。彼女は美人だそうです。

so.re.da.ke.ja.na.i.de.su.yo./ka.no.jo.wa./bi.ji.n.da.so.u.de.su.

不只如此，聽說女朋友還是個美女！

Ⓐ へえ、世界のよいことを独り占めしているようです！

he.e./se.ka.i.no.yo.i.ko.to.o./hi.to.ri.ji.me.shi.te.i.ru./yo.u.de.su.

什麼！世界上的好事全被他一個人佔去了。

• track 217

10. 情緒用語

➲ 嬉しいです。

u.re.shi.i.de.su.

真開心。

➲ 気持ちが晴れました。

ki.mo.chi.ga./ha.re.ma.shi.ta.

心情變得輕鬆多了。

➲ 面白いです。

o.mo.shi.ro.i.de.su.

真是有趣啊！

➲ 助かりました。

ta.su.ka.ri.ma.shi.ta.

得救了。

➲ よかった！

yo.ka.tta.

太好了！

➲ ラッキー。

ra.kki.i.

真幸運！

➲ 悔しいです。

ku.ya.shi.i.de.su.

真不甘心！

➲ 困りました。

ko.ma.ri.ma.shi.ta.

真困擾。

➲ 情けない。

na.sa.ke.na.i.

好丟臉。

➲ 残念です。

za.n.ne.n.de.su.

太可惜了。

➲ お気の毒です。

o.ki.no.do.ku.de.su.

很遺憾知道這件事。

➲ 胸がいっぱいになりました。

mu.ne.ga.i.ppa.i.ni./na.ri.ma.shi.ta.

有好多感觸。

➲ 落ち込んでます。

o.chi.ko.n.de.ma.su.

心情低落。

➲ つまらない。

tsu.ma.ra.na.i.

真無聊。

➲ むかつく。

mu.ka.tsu.ku.

真是火大！

⊃ 腹立つ！

ha.ra.ta.tsu.

真氣人！

⊃ うんざりします。

u.n.za.ri.shi.ma.su.

煩死了。

⊃ もういいよ。

mo.u.i.i.yo.

我都膩了。

⊃ 黙れ。

da.ma.re.

閉嘴！

⊃ びっくりしました。

bi.kku.ri.shi.ma.shi.ta.

嚇我一跳！

⊃ 驚きました。

o.do.ro.ki.ma.shi.ta.

真是震驚。

⊃ まさか。

ma.sa.ka.

不會吧！

• track 219

● 實用會話 1

Ⓐ 松山さん、この前きついことを言って、ごめんね。

ma.tsu.ya.ma.sa.n./ko.no.ma.e./ki.tsu.i.ko.to.o.i.tte./go.me.n.ne.

松山先生，之前對你說了刻薄的話，對不起。

Ⓑ ああ、あのときのこと？あれはわたしにも悪いところがあったと思うよ。

a.a./a.no.to.ki.no.ko.to./a.re.wa./wa.ta.shi.ni.mo./wa.ru.i.to.ko.ro.ga.a.tta./to.o.mo.u.yo.

啊，那件事啊。那件事我也有錯。

Ⓐ なかなか素直に謝れなかったんだ。

na.ka.na.ka.su.na.o.ni./a.ya.ma.re.na.ka.tta.n.da.

一直沒辦法直率的向你道歉。

Ⓑ もういいよ！気にしないで。

mo.u.i.i.yo./ki.ni.shi.na.i.de.

別再提了，沒關係啦！

Ⓐ これで気持ちが晴れました。

ko.re.de.ki.mo.chi.ga./ha.re.ma.shi.ta.

這樣一來，我的心情就好多了。

• track 220

● 實用會話 2 ●

Ⓐ 何<ruby>なに</ruby>があったの？

na.ni.ga./a.tta.no.

怎麼了？

Ⓑ 市役所<ruby>しやくしょ</ruby>に行<ruby>い</ruby>くと、いつも気分<ruby>きぶん</ruby>が悪<ruby>わる</ruby>くなる。

shi.ya.ku.sho.ni.i.ku.to./i.tsu.mo.ki.bu.n.ga./wa.ru.
ku.na.ru.

每次去市公所，都讓我心情變得很糟。

Ⓐ 待<ruby>ま</ruby>たされるから？

ma.ta.sa.re.ru.ka.ra.

因為每次要等很久的關係嗎？

Ⓑ それもあるけど。なんと言<ruby>い</ruby>っても、窓口<ruby>まどぐち</ruby>の応対<ruby>おうたい</ruby>がとにかく感<ruby>かん</ruby>じが悪<ruby>わる</ruby>くて。

so.re.mo.a.ru.ke.do./na.n.to.i.tte.mo./ma.do.gu.chi.
no.o.u.ta.i.ga./to.ni.ka.ku./ka.n.ji.ga.wa.ru.ku.te.

這也是一個原因。不過最主要還是因為接待窗口的人態度很差。

Ⓐ わかる！わかる！それはむかつくよね。

wa.ka.ru./wa.ka.ru./so.re.wa./mu.ka.tsu.ku.yo.ne

我懂我懂！那真令人火大。

• track 221

11. 用餐

つ お腹すきました。

o.na.ka.su.ki.ma.shi.ta.

我餓了！

つ いただきます。

i.ta.da.ki.ma.su.

開動。

つ お腹いっぱいです。

o.na.ka.i.ppa.i.de.su.

好飽啊。

つ おかわりください。

o.ka.wa.ri.ku.da.sa.i.

再來一份。/再來一碗。

つ 何かを飲みに行きませんか？

na.ni.ka.o./no.mi.ni./i.ki.ma.se.n.ka.

要不要去喝一杯？

つ ご飯を食べに行きませんか？

go.ha.n.o./ta.be.ni./i.ki.ma.se.n.ka.

要不要去吃飯？

つ どのお店に入りましょうか？

do.no.o.mi.se.ni./ha.i.ri.ma.sho.u.ka.

要去哪一家呢？

❍ ここにしましょうか？

ko.ko.ni.shi.ma.sho.u.ka.

就吃這一家吧！

❍ ご注文をうかがいます。

go.chu.u.mo.n.o./u.ka.ga.i.ma.su.

請問要點些什麼？

❍ 日本料理が好きです。

ni.ho.n.ryo.u.ri.ga./su.ki.de.su.

我喜歡日本料理。

❍ 一緒に食べましょうか？

i.ssho.ni.ta.be.ma.sho.u.ka.

你想一起用餐嗎？

❍ 何が食べたいですか？

na.ni.ga.ta.be.ta.i.de.su.ka.

你想吃什麼？

❍ 先に食券をお求めください。

sa.ki.ni./cho.kke.n.o./o.mo.to.me.ku.da.sa.i.

請先買餐券。

❍ お勧めは何ですか？

o.su.su.me.wa./na.n.de.su.ka.

你推薦什麼餐點？

❍ これをください。

ko.re.o.ku.da.sa.i.

請給我這個。

つ あれと同じものをください。

a.re.to.o.na.ji.mo.no.o./ku.da.sa.i.

請給我和那個相同的東西。

つ ごちそうになりました。

go.chi.so.u.ni./na.ri.ma.shi.ta.

我吃飽了。

つ ごちそうさまでした。

go.chi.so.u.sa.ma.de.shi.ta.

我吃飽了。

つ おいしかったです。

o.i.shi.ka.tta.de.su.

真好吃。

つ 何を頼みましょう？

na.ni.o./ta.no.mi.ma.sho.u.

要點什麼呢？

つ すみません、スプーンをください。

su.mi.ma.se.n./su.pu.u.n.o./ku.da.sa.i.

不好意思，請給我湯匙。

つ お弁当を持ってきます。

o.be.n.to.u.o./mo.tte.ki.ma.su.

我有帶便當。

つ 手づかみで食べないで。

te.zu.ka.mi.de./ta.be.na.i.de.

不要用手抓菜吃。

• track 222

● 實用會話 1 ●

Ⓐ ご注文をうかがいます。

go.chu.u.mo.n.o./u.ka.ga.i.ma.su.

請問要點什麼？

Ⓑ はい。ええと、「和風サラダ」と「唐揚げ」と「明太子パスタ」。それから、「オムライス」と「ビーフシチュー」をお願いします。飲み物は、オレンジジュース二つで。

ha.i./e.e.to./wa.fu.u.sa.ra.da./to./ka.ra.a.ge./to./me.n.ta.i.ko.pa.su.ta./so.re.ka.ra./o.mu.ra.i.su./to./bi.i.fu.shi.chu.u./o.o.ne.ga.i.shi.ma.su./no.mi.mo.no.wa./o.re.n.ji.ju.u.su./fu.ta.tsu.de./

呃，我要和風沙拉、炸雞、明太子義大利麵。然後還要蛋包飯、燉牛肉。飲料的話，給我兩杯柳橙汁。

Ⓐ ご注文は以上でよろしいですか？

go.chu.u.mo.n.wa./i.jo.u.de.yo.ro.shi.i.de.su.ka.

這樣就好了嗎？

Ⓑ はい。

ha.i.

是。

Ⓐ かしこまりました。

ka.shi.ko.ma.ri.ma.shi.ta.

好的。

● 實用會話 2 ●

🅐 わ、おいしそう！いただきます。

wa./o.i.shi.so.u./u.ta.da.ki.ma.su.

哇，看起來好好吃。開動囉！

- -

🅑 このドーナッツ、なかなかいける。

ko.no.do.o.na.ttsu./na.ka.na.ka.i.ke.ru.

這甜甜圈，真是好吃。

- -

🅐 この店、アメリカでは大人気の名店なんだって。

ko.no.me.se./a.me.ri.ka.de.wa./da.i.ni.n.ki.no.me.i.te.n.na.n.da.tte.

這家店，在美國也是超人氣的名店喔！

- -

🅑 道理で！さすが本場の味は違うね。

do.o.ri.de./sa.su.ga.ho.n.ba.no.a.ji.wa./chi.ga.u.ne.

難怪！正統的口味就是不一樣。

- -

🅐 はっ、もう食べられない。ごちそうさま。

ha./mo.u.ta.be.ra.re.na.i./go.chi.so.u.sa.ma.

啊，再也吃不下了。我吃飽了。

• track 224

12. 感謝

⊃ ありがとうございます。

a.ri.ga.to.u./go.za.i.ma.su.

謝謝你。

⊃ どうもご親切に。

do.u.mo.go.shi.n.se.tsu.ni.

謝謝你親切的關心。

⊃ この間はどうも。

ko.no.a.i.da.wa./do.u.mo.

上次謝謝你了。

⊃ 感謝しています。

ka.n.sha.shi.te.i.ma.su.

很感謝你。

⊃ とても満足です。

to.te.mo.ma.n.zo.ku.de.su.

我很滿足。

⊃ ありがたく頂戴いたします。

a.ri.ga.ta.ku./cho.u.da.i.i.ta.shi.ma.su.

心懷感恩的收下。

⊃ 結構なものをいただきまして。

ke.kko.u.na.mo.no.o./i.ta.da.ki.ma.shi.te.

收下如此貴重的東西。

➜ いろいろお世話になりました。

i.ro.i.ro./o.se.wa.ni.na.ri.ma.shi.ta.

承蒙您的照顧。

➜ おかげさまで。

o.ka.ge.sa.ma.de.

托您的福。

➜ わざわざすみません。

wa.za.wa.za./su.mi.ma.se.n.

讓您費心了。

➜ 気を使わせてしまって。

ki.o.tsu.ka.wa.se.te./shi.ma.tte.

讓您費心了。

➜ ありがたいことです。

a.ri.ga.ta.i.ko.to.de.su.

太感謝了。

➜ 助かります。

ta.su.ka.ri.ma.su.

你救了我。

➜ 恐れ入ります。

o.so.ri.i.ri.ma.su.

由衷感謝。

12-1. 回應感謝

⊃ どういたしまして。

do.u.i.ta.shi.ma.shi.te.

不客氣。

⊃ いいんですよ。

i.i.n.de.su.yo.

不用客氣。

⊃ いいえ。

i.i.e.

沒什麼。

⊃ こちらこそ。

ko.chi.ra.ko.so.

彼此彼此。

⊃ こちらこそお世話になります。

ko.chi.ra.ko.so./o.se.wa.ni.na.ri.ma.su.

我才是受你照顧了。

⊃ そんなに気を遣わないでください。

so.n.na.ni./ki.o.tsu.ka.wa.na.i.de./ku.da.sa.i.

不必那麼客氣。

⊃ 光栄です。

ko.u.e.i.de.su.

這是我的榮幸。

➲ また機会があったら是非。

ma.ta./ki.ka.i.ga.a.tta.ra./ze.hi.

還有機會的話希望還能合作。

➲ 大したことじゃない。

ta.i.shi.ta.ko.to.ja.na.i.

沒什麼大不了的。

➲ ほんのついでだよ。

ho.n.no.tsu.i.de.da.yo.

只是順便。

➲ 大したものでもありません。

ta.i.shi.ta.mo.no./de.mo.a.ri.ma.se.n.

不是什麼高級的東西。

➲ それはよかったです。

so.re.wa./yo.ka.tta.de.su.

那真是太好了。

➲ 喜んでいただけて、光栄です。

yo.ro.ko.n.de./i.ta.da.ke.te./ko.u.e.i.de.su.

您能感到高興，我也覺得很光榮。

• track 226

● 實用會話 1

Ⓐ 元カノはまだ連絡していますか？

mo.to.ka.no.wa./ma.da.re.n.ra.ku.shi.te./i.ma.su.ka.

你和前女友還有聯絡嗎？

- -

Ⓑ いいえ、連絡していません。

i.i.e./re.n.ra.ku.shi.te./i.ma.se.n.

不，已經沒聯絡了。

- -

Ⓑ もうかまいません、もっとよい人を探します。

mo.u.ka.ma.i.ma.se.n./mo.tto.yo.i.hi.to.o./sa.ga.shi.ma.su.

已經不在乎她了，我會找到更好的人。

- -

Ⓐ じゃあ、頑張って。

ja.a./ga.n.ba.tte.

那就加油囉。

- -

Ⓑ はい、ありがとう。

ha.i./a.ri.ga.to.u.

好，謝謝。

- -

• track 227

● 實用會話 2 ●

Ⓐ 結構なものをいただいて、本当にありがとう
ございました。

ke.kko.na.mo.no.o./i.ta.da.i.te./ho.n.to.u.ni./a.ri.ga.
to.u./go.za.i.ma.shi.ta.

送我這麼貴重的禮物，真是謝謝你。

Ⓑ いいえ、大したものでもありません。でも
喜んでいただけて、よかったです。

i.i.e./ta.i.shi.ta.mo.no.de.mo.a.ri.ma.se.n./de.mo./
yo.ro.ko.n.de.i.ta.da.i.te./yo.ka.tta.de.su.

不，這沒什麼。只要你高興就好。

Ⓐ お時間できたら、是非またお寄りください
ね。

o.ji.ka.n.de.ki.ta.ra./ze.hi.ma.ta./o.yo.ri.ku.da.sa.i.
ne.

下次有時間，請你一定要再來。

Ⓑ 今日お招きいただきましてありがとうござい
ます。旅行がてら日本にこられてよかったで
す。

kyo.u./o.ma.ne.ki./i.ta.da.ki.ma.shi.te./a.ri.ga.to.u.
go.za.i.ma.su./ryo.ko.u.ga.ta.ra./ni.ho.n.ni.ko.ra.re.
te./yo.ka.tta.de.su.

謝謝你今天邀請我。能來到日本旅行真是太好
了。

13. 拒絕

➲ 結構<ruby>結構<rt>けっこう</rt></ruby>です。

ke.kko.u.de.su.

不必了。

➲ <ruby>手<rt>て</rt></ruby>が<ruby>離<rt>はな</rt></ruby>せません。

te.ga./ha.na.se.ma.se.n.

現在無法抽身。

➲ <ruby>今<rt>いま</rt></ruby><ruby>間<rt>ま</rt></ruby>に<ruby>合<rt>あ</rt></ruby>っています。

i.ma.ma.ni.a.tte.i.ma.su.

我已經有了。(不用了)

➲ あいにく…。

a.i.ni.ku.

不巧……。

➲ <ruby>今日<rt>きょう</rt></ruby>はちょっと…。

kyo.u.wa./cho.tto.

今天可能不行。

➲ <ruby>遠慮<rt>えんりょ</rt></ruby>しておきます。

e.n.ryo.shi.te.o.ki.ma.su.

容我拒絕。

➲ <ruby>遠慮<rt>えんりょ</rt></ruby>させていただきます。

e.n.ryo.sa.se.te./i.ta.da.ki.ma.su.

容我拒絕。

❩ 残念ですが。

za.n.ne.n.de.su.ga.

可惜。

❩ また今度。

ma.ta.ko.n.do.

下次吧。

❩ お気持ちだけ頂戴いたします。

o.ki.mo.chi.da.ke./cho.u.da.i./i.ta.shi.ma.su.

好意我心領了。

❩ 苦手です。

ni.ga.te.de.su.

我不太拿手。

❩ 勘弁してください。

ka.n.be.n.shi.te.ku.da.sa.i.

饒了我吧。

❩ 今取り込んでいますので…。

i.ma./to.ri.ko.n.de.i.ma.su.no.de.

現在正巧很忙。

❩ それは…。

so.re.wa.

這……。

❩ すみません。

su.mi.ma.se.n.

對不起。

❍ もういいです。

mo.u.i.i.de.su.

不必了。

❍ 次の機会にね。

tsu.gi.no.ki.ka.i.ni.ne.

下次吧。

❍ だめだよ。

da.me.da.yo.

不可以。

❍ 用事があります。

yo.u.ji.ga./a.ri.ma.su.

我剛好有事。

❍ 考えておきます。

ka.n.ga.e.te./o.ki.ma.su.

讓我考慮一下。

❍ 悪いんですけど…。

wa.ru.i.n.de.su.ke.do.

真不好意思……。

❍ お断りします。

o.ko.to.wa.ri.shi.ma.su.

容我拒絕。

❍ わたしにはできません。

wa.ta.shi.ni.wa./de.ki.ma.se.n.

我辦不到。

● 實用會話 1

🅐 これから飲み会に行くんだけど、一緒に行かない？

ko.re.ka.ra./no.mi.ka.i.ni.i.ku.n.da.ke.do./i.ssho.ni.i.ka.na.i.

我正要去聚會，要不要一起來？

🅑 誘ってくれてありがとう。せっかくだけど、遠慮しておくよ。

sa.so.tte.ku.re.te./a.ri.ga.to.u./se.kka.ku.da.ke.do./e.n.ryo.shi.te.o.ku.yo.

謝謝你邀請我，雖然很難得，還是容我拒絕。

🅐 みんな行くから、行こうよ。

mi.n.na.i.ku.ka.ra./i.ko.u.yo.

大家都會去耶，一起來嘛。

🅑 ごめん、今日は仕事があって手が離せないんだ。

go.me.n./kyo.u.wa./shi.go.to.ga.a.tte./te.ga.ha.na.se.na.i.n.da.

對不起，因為今天工作很多抽不開身。

🅐 そっか、残念だね。

so.kka./za.n.ne.n.da.ne.

是嗎？那真可惜。

• track 230

● 實用會話 2 ●

Ⓐ 今夜ABC会社との接待があるんだが、田中君も
ぜひどうかね？

ko.n.ya./ABC.ka.i.sha.to.no.se.tta.i.ga /a.ru.n.da.
ga./ta.na.ka.ku.n.mo.ze.hi.do.u.ka.ne.

今天晚上要接待ABC公司，田中你也一起來
吧！

Ⓑ あっ、今日はちょっと…。

a./kyo.u.wa.cho.tto.

啊，今天有點不方便。

Ⓐ どうした？行きたくないか？

do.u.shi.ta./i.ki.ta.ku.na.i.ka.

怎麼了？不想去嗎？

Ⓑ 実は、今日は子供の急病のため、看病しな
ければならないんです。

ji.tsu.wa./kyo.u.wa./ko.do.mo.no.kyu.u.byo.u.no.
ta.me./ka.n.byo.u.shi.na.ke.re.ba./na.ra.na.i.n.de.su.

因為我的孩子生了病，我今晚要去照顧他。

Ⓐ ああ、そういうことなら、そちらを最優先し
て。急に言い出したこちらも悪かった。

a.a./so.u.i.u.ko.to.na.ra./so.chi.ra.o./sa.i.yu.u.se.n.
shi.te./kyu.u.ni.i.i.da.shi.ta.ko.chi.ra.mo./wa.ru.ka.
tta.

這樣的話，還是以孩子為優先。突然做出這種
邀請是我的不對。

• track 231

14. 日常禮儀

➲ おやすみなさい。

o.ya.su.mi.na.sa.i.

晚安。

➲ お帰り。

o.ka.e.ri.

歡迎回來。

➲ ただいま。

ta.da.i.ma.

我回來了。

➲ どちらへ？

do.chi.ra.e.

要去哪呢？

➲ 行ってらっしゃい。

e.tte.ra.ssha.i.

一路順風。

➲ 行ってきます。

i.tte.ki.ma.su.

我出發了。

➲ お久しぶりです。

o.hi.sa.shi.bu.ri.de.su.

好久不見。

⊃ さようなら。

sa.yo.u.na.ra.

再見。

⊃ また後で。

ma.ta.a.to.de.

待會見。

⊃ 田中さんによろしく。

ta.na.ka.sa.n.ni./yo.ro.shi.ku.

代我向田中先生問好。

⊃ お気をつけて。

o.ki.o.tsu.ke.te.

小心喔！

⊃ どうぞお大事に。

do.u.so./o.da.i.ji.ni.

請多保重。(用於探病)

⊃ ごめんください。

go.me.n.ku.da.sa.i.

對不起。

⊃ どうも。

do.u.mo.

你好。/謝謝。

⊃ いただきます。

i.ta.da.ki.ma.su.

開動了。

➲ ごちそうさまでした。

go.chi.so.u.sa.ma.de.shi.ta.

我吃飽了。/謝謝招待。

➲ いらっしゃい。

i.ra.ssha.i.

歡迎。

➲ お疲れさま。

o.tsu.ka.re.sa.ma.

辛苦了。

➲ おめでとう。

o.me.de.to.u.

恭喜。

➲ お気をつけて。

o.ki.o.tsu.ke.te.

路上小心。

➲ 失礼いたします。

shi.tsu.re.i./i.ta.shi.ma.su.

打擾了。/再見。

➲ ご苦労様。

go.ku.ro.u.sa.ma.

辛苦了。

➲ お先に失礼します。

o.sa.ki.ni./shi.tsu.re.i.shi.ma.su.

我先走一步。

• track 232

● 實用會話 1

Ⓐ こんにちは。
ko.n.ni.chi.wa.
你好。

Ⓑ おっ、こんにちは。偶然だね。
o./ko.n.ni.chi.wa./gu.u.ze.n.da.ne.
你好，真是巧啊！

Ⓐ 斉藤さん今日はどちらへ？
sa.i.to.u.sa.n./kyo.u.wa./do.chi.ra.e.
齊藤先生你今天要去哪裡呢？

Ⓑ ちょっと買い物に。。
cho.tto.ka.i.mo.no.ni.
去買些東西。

Ⓐ そっか。じゃ、また。
so.kka./ja.ma.ta.
是嗎。那麼再見了。

• track 233

● 實用會話 2 ●

A お兄ちゃん、ちょっといい？

o.ni.i.cha.n./cho.tto.i.i.

哥，你有空嗎？

B うん、何？

u.n./na.ni.

嗯，什麼事？

A もう寝てた？ごめん、明日でいいよ。

mo.u.ne.te.ta./go.me.n./a.shi.ta.de.i.i.yo.

你已經睡了嗎？對不起，那明天再說好了。

B じゃ、おやすみ。

ja./o.ya.su.mi.

那，晚安。

A おやすみ。電気消しとくよ。

o.ya.su.mi./de.n.ki.ke.shi.to.ku.yo.

晚安。我把燈關囉。

• track 234

15. 告白

❍ 好きです。

su.ki.de.su.

我喜歡你。

❍ 愛してるよ。

a.i.shi.te.ru.yo.

我愛你。

❍ 付き合ってください。

tsu.ki.a.tte.ku.da.sa.i.

請和我交往。

❍ チューしたい。

chu.u.shi.ta.i.

我想親你。

❍ 結婚してください。

ke.kko.n.shi.te.ku.da.sa.i.

請和我結婚。

❍ 花さんをお嫁にください。

ha.na.sa.n.o./o.yo.me.ni./ku.da.sa.i.

請把小花嫁給我。

❍ 好きな人ができた。

su.ki.na.hi.to.ga./de.ki.ta.

我有喜歡的人了。

➲ ずっと奈々子ちゃん一筋です。

zu.tto./na.na.ko.cha.n./hi.to.su.ji.de.su.

我心裡只有奈奈子。

➲ 可南子じゃなきゃダメなんだ。

ka.na.ko.ja.na.kya./da.me.na.n.da.

非可南子不要。

➲ 別れましょう。

wa.ka.re.ma.sho.u.

分手吧！

➲ ほかに好きな人がいる？

ho.ka.ni./su.ki.na.hi.to.ga./i.ru.

你有喜歡的人嗎？

➲ 一緒にいようよ。

i.ssho.ni.i.yo.u.yo.

在一起吧！

➲ あなたのこと好きになっちゃったみたい。

a.na.ta.no.ko.to./su.ki.ni.na.ccha.tta./mi.ta.i.

我好像喜歡上你了。

➲ デートしてもらえないかな。

de.e.to.shi.te./mo.ra.e.na.i.ka.na.

可以和我約會嗎？

➲ 一緒にいるだけでいい。

i.ssho.ni.i.ru.da.ke.de./i.i.

只要和你在一起就夠了。

• track 235

15-1. 回應對方

❍ ごめんなさい。

go.me.n.na.sa.i.

對不起。

❍ あなたのこと信じます。

a.na.ta.no.ko.to./shi.n.ji.ma.su.

我相信你。

❍ わたしがよければ。

wa.ta.shi.ga./yo.ke.re.ba.

如果我可以的話。

❍ どんな人ですか。

do.n.na.hi.to.de.su.ka.

是怎麼樣的人？

❍ 大嫌いです。

da.i.ki.ra.i.de.su.

最討厭了。

❍ 友達でいよう。

to.mo.da.chi.de.i.yo.u.

當朋友就好。

❍ メールも電話もしないで。

me.e.ru.mo./de.n.wa.mo./shi.na.i.de.

不要再寄mail或打電話來了。

⊃ わたしも。

wa.ta.shi.mo.

我也是。

⊃ 彼氏がいるんだ。

ka.re.shi.ga.i.ru.n.da.

我有男友了。

⊃ 彼女がいるんだ。

ka.no.jo.ga.i.ru.n.da.

我有女友了。

⊃ 今まで通り友達でいてください。

i.ma.ma.de.to.o.ri./to.mo.da.chi.de.i.te./ku.da.sa.i.

像現在這樣當朋友就好。

⊃ 中島君はいい人なんだけど…。

na.ka.shi.ma.ku.wa./i.i.hi.to.na.n.da.ke.do.

中島你是好人，但是……。

⊃ いいよ。

i.i.yo.

我答應你。

⊃ 考えさせて。

ka.n.ga.e.sa.se.te.

讓我考慮一下。

⊃ お兄さんって思ってた。

o.ni.i.sa.n.tte./o.mo.tte.ta.

我一直把你當成哥哥。

• track 236

● 實用會話 1 ●

Ⓐ 私のこと、愛してる？

wa.ta.shi.no.ko.to./a.i.shi.te.ru.

你愛我嗎？

Ⓑ もちろん愛してる！

mo.chi.ro.n./a.i.shi.te.ru.

當然愛啊！

Ⓐ 本当？

ho.to.u.

真的嗎？

Ⓑ うん、僕のお嫁さんになって。

u.n./bo.ku.no.o.yo.me.sa.n.ni./na.tte./

真的啦，嫁給我吧。

Ⓐ うん。

u.n.

好。

• track 237

● 實用會話 2 ●

Ⓐ また浮気したわね。

ma.ta.u.wa.ki.shi.ta.wa.ne.

你又劈腿了！

Ⓑ ごめん。

go.me.n.

對不起。

Ⓐ あんたなんて大嫌い！もう別れましょう！

a.n.ta.na.n.te./da.i.ki.ra.i./mo.u./wa.ka.re.ma.sho.u.

我最討厭你了！分手吧！

Ⓑ 本当にごめん。僕、可南子じゃなきゃダメな
んだ。許してください！

ho.n.to.u.ni.go.me.n./bo.ku./ka.na.ko.ja.na.kya./da.
me.na.n.da./yu.ru.shi.te./ku.da.sa.i.

真的對不起。我沒有可南子你就活不下去。請
你原諒我。

Ⓑ これからずっと可南子ちゃん一筋だから、
許して！

ko.re.ka.ra./zu.tto.ka.na.ko.cha.n.hi.to.su.ji.da.ka.
ra./yu.ru.shi.te.

今後我心裡只會有可南子你一個人，請你原諒
我。

16. 驚嚇

⊃ 本当？

ho.n.to.u.

真的假的？

⊃ 信じられない！

shi.n.ji.ra.re.na.i.

真不敢相信！

⊃ これは大変！

ko.re.wa./ta.i.he.n.

這可糟了！

⊃ 危ない！

a.bu.na.i.

危險！

⊃ 冗談だろう？

jo.u.da.n.da.ro.u.

開玩笑的吧？

⊃ びっくりした！

bi.kku.ri.shi.ta.

嚇我一跳！

⊃ うっそー！

u.sso.o.

騙人！

➲ マジで？

ma.ji.de.

真的嗎？

➲ 心臓に悪いよ。

shi.n.zo.u.ni.wa.ru.i.yo.

對心臟不好。

➲ まさか！

ma.sa.ka.

不會吧！

➲ そんなばかな。

so.n.na.ba.ka.na.

哪有這種蠢事。

➲ 不思議だ。

fu.shi.gi.da.

真不可思議。

➲ あれ？

a.re.

欸？

➲ へえ。

he.e.

是喔。

➲ がっかり。

ga.kka.ri.

真失望。

⊃ まいった。

ma.i.tta.

敗給你了。

⊃ もう終わりだ。

mo.u.o.wa.ri.da.

一切都完了。

⊃ めんどくさい。

me.n.do.ku.sa.i.

真麻煩！

⊃ ショック！

sho.kku.

大受打擊！

⊃ 期待してたのに。

ki.ta.i.shi.te.ta.no.ni.

虧我還很期待。

⊃ 失望だな。

shi.tsu.bo.u.da.na.

真失望。

⊃ もう限界だ。

mo.u./ge.n.ka.i.da.

不行了！

⊃ お手上げだね。

o.te.a.ge.da.ne.

我無能為力了。

• track 239

● 實用會話 1 ●

Ⓐ あらっ！

a.ra.

(電梯中)啊！

Ⓑ いっぱいですから、次のにしましょうか？

i.ppa.i.de.su.ka.ra./tsu.gi.no.i./shi.ma.sho.u.ka.

人已經滿了，坐下一班吧！

Ⓐ ええ。

e.e.

好。

Ⓑ またすぐ来ますからね。

ma.ta.su.gu.ki.ma.su.ka.ra.ne.

下一台電梯很快就會來了。

Ⓐ それにしても、あのブザーの音を聞いて恥ず
かしかったですね。

so.re.ni.shi.te.mo./a.no.bu.za.a.no.o.to.o.ki.i.te./ha.
zu.ka.shi.ka.tta.de.su.ne.

雖然這樣，但是聽到超重的鈴聲響起還是很丟
臉。

Ⓑ そうですね。びっくりしました。

so.u.de.su.ne./bi.kku.ri.shi.ma.shi.ta.

就是說啊，嚇了我一跳。

• track 240

● 實用會話 2 ●

A 届いたよ。

to.do.i.ta.yo.

寄到囉。

B えっ？なにが？

e./na.ni.ga.

啊，什麼？

A 新太くんの試験結果。

shi.n.ta.ku.n.no./shi.ke.n.ke.kka.

新太你的考試結果。

A 試験結果は…。

shi.ke.n.ke.kka.wa.

結果是……。

B 早く言えよ！心臓に悪いよ。

ha.ya.ku.i.e.yo./shi.n.zo.u.ni.wa.ru.i.yo.

快點說啦，對心臟不好耶！

● track 241

17. 疑問

⊃ どうして？

do.u.shi.te.

為什麼？

⊃ その後どうなったの？

so.no.a.to.do.u.na.tta.no.

之後怎麼了？

⊃ 何ですか？

na.n.de.su.ka.

怎麼了？/是什麼？

⊃ 何だって？

na.n.da.tte.

什麼？

⊃ どういうこと？

do.u.i.u.ko.to.

怎麼回事？

⊃ わたしですか？

wa.ta.shi.de.su.ka.

是我嗎？

⊃ えっ？

e.

啊？

➲ どういう意味？

do.u.i.u.i.mi.

什麼意思？

➲ 何が？

na.ni.ga

什麼事？

➲ そう？

so.u.

是嗎？

➲ それから？

so.re.ka.ra.

然後呢？

➲ どこですか？

do.ko.de.su.ka.

在哪裡？

➲ いつですか？

i.tsu.de.su.ka.

什麼時候？

• track 242

17-1. 回答疑問

⊃ ええ。

e.e.

是啊。

⊃ そうですね。

so.u.de.su.ne.

就是説啊。

⊃ それもそうです。

so.re.mo.so.u.de.su.

這倒也是。

⊃ そうそう。

so.u.so.u.

對對對。

⊃ そうでしょうね。

so.u.de.sho.u.ne.

就是説啊。

⊃ 実は。

ji.tsu.wa.

其實。

⊃ それは…。

so.re.wa.

這個是……。

○ そっか。
so.kka.
是嗎。

○ なんでもない。
na.n.de.mo.na.i.
沒事。

○ たしかに…。
ta.shi.ka.ni.
我記得沒錯的話，應該是……。

○ うん。
u.n.
嗯。

○ はあ？
ha.a.
你說什麼！

○ えー。
e.e.
是啊。

○ ほう。
ho.u.
這樣啊。

○ いや。
i.ya.
不。

● 實用會話 1 ●

Ⓐ おはようございます。

o.ha.yo.u./go.za.i.ma.su.

早安。

Ⓑ あら、太郎くん、おはよう。

a.ra./ta.ro.u.ku.n./o.ha.yo.u.

啊，太郎，早安啊。

Ⓐ お出かけですか。

o.de.ka.ke.de.su.ka.

要出門嗎？

Ⓑ ええ、太郎くん今日もお仕事？

e.e./ta.ro.u.ku.n./kyo.u.mo.o.shi.go.to.

是啊，太郎你今天也要工作嗎？

Ⓐ はい、休日出勤です。

ha.i./kyu.u.ji.tsu.shu.kki.n.de.su.

對啊，假日上班。

Ⓑ 日曜日なのに大変ね。

ni.chi.yo.u.bi.na.no.ni./ta.i.he.n.ne.

明明是星期日還要上班，真辛苦。

Ⓐ いいえ、そんなことありませんよ。

i.i.e./so.n.na.ko.to./a.ri.ma.se.n.yo.

不會啦，沒這回事。

• track 244

● 實用會話 2 ●

Ⓐ 今日も綺麗ですね。

kyo.u.mo.ki.re.i.de.su.ne.

你今天也很漂亮。

Ⓑ ありがとう、今日は母の誕生日なんです。

a.ri.ga.to.u./kyo.u.wa./ha.ha.no.ta.n.jo.u.bi.na.n.de.su.

謝謝，因為今天是我媽的生日。

Ⓐ どのようにして祝いますか？

do.no.yo.u.ni.shi.te./i.wa.i.ma.su.ka.

要怎麼慶祝呢？

Ⓑ 豪華なイタリア料理を食べに行くつもりです。

go.u.ka.na.i.ta.ri.a.ryo.u.ri.o./ta.be.ni.i.ku.tsu.mo.ri.de.su.

我們要去吃豪華義大利餐。

Ⓐ いいですね。

i.i.de.su.ne.

真好。

18. 請求幫助

❍ お願いします。

o.ne.ga.i.shi.ma.su.

拜託你了。

───────────────────────

❍ 頼むから。

ta.no.mu.ka.ra.

拜託啦！

───────────────────────

❍ 一生のお願い。

i.ssho.u.no.o.ne.ga.i.

一生所願。

───────────────────────

❍ 助けて！

ta.su.ke.te.

請幫我。

───────────────────────

❍ チャンスをください。

cha.n.su.o.ku.da.sa.i.

請給我一個機會。

───────────────────────

❍ 手伝っていただけませんか？

te.tsu.da.tte./i.ta.da.ke.ma.se.n.ka.

請你幫我一下。

───────────────────────

❍ 頼りにしてるよ。

ta.yo.ri.ni.shi.te.ru.yo.

拜託你了。

○ お願いがあるんだけど。

o.ne.ga.i.ga./a.ru.n.da.ke.do.

有件事想請你幫忙。

○ 手を貸してくれる？

te.o.ka.shi.te.ku.re.ru.

可以幫我一下嗎？

○ …してもらえませんか？

shi.te.mo.ra.e.ma.se.n.ka.

可以幫我做……嗎？

○ ヒントをちょうだい。

hi.n.to.o.cho.u.da.i.

給我點提示。

○ いま、よろしいですか？

i.ma./yo.ro.shi.i.de.su.ka.

現在有空嗎？

○ お時間いただけますか？

o.ji.ka.n./i.ta.da.ke.ma.su.ka.

可以耽誤你一點時間嗎？

○ すぐ済むからお願い。

su.gu.su.mu.ka.ra./o.ne.ga.i.

很快就好了，拜託啦！

● track 246

18-1. 回應協助

➲ ちょっと難しいね。

cho.tto.mu.zu.ka.shi.i.ne.

這有點困難。

➲ いいよ。

i.i.yo.

可以啊。

➲ これが最後だぞ。

ko.re.ga./sa.i.go.da.zo.

這是最後一次囉。

➲ どうしましたか？

do.u.shi.ma.shi.ta.ka.

怎麼了嗎？

➲ ちょっと手が離せない。

cho.tto./te.ga.ha.na.se.na.i.

現在有點忙。

➲ ちょっとバタバタしている。

cho.tto./ba.ta.ba.ta.shi.te.i.ru.

現在正忙。

➲ ちょっと立て込んでいる。

cho.tto./ta.te.ko.n.de.i.ru.

現在很忙。

➲ あまり頼られるとプレッシャーが…。

a.ma.ri.ta.yo.ra.re.ru.to./pu.re.ssha.a.ga.

期望愈大我的壓力愈大。

➲ …は苦手です。

wa.ni.ga.te.de.su.

我對……不太拿手。

➲ 勘弁してください。

ka.n.be.n.shi.te./ku.da.sa.i.

饒了我吧！

➲ はい。

ha.i.

好。

➲ はいはい。

ha.i./ha.i.

好啦好啦！

➲ 何？

na.ni.

什麼事？

➲ 喜んで。

yo.ro.ko.n.de.

我很樂意。

➲ 任せろ。

ma.ka.se.ro.

交給我吧。

●實用會話 1●

Ⓐ 息子の結婚式、司会者してもらえない？

mu.su.ko.no.ke.kko.n.shi.ki./shi.ka.i.sha.shi.te./
mo.ra.e.na.i.

我兒子的結婚典禮，你可以來當司儀嗎？

Ⓑ えっ！僕、人前で話すのは苦手だから、勘弁してくれよ。

e./bo.ku./hi.to.ma.e.de.ha.na.su.no.wa./ni.ga.te.da.
ka.ra./ka.n.be.n.shi.te.ku.re.yo.

什麼！在人前發言是我最不拿手的，饒了我吧。

Ⓐ 頼むわよ！一生のお願い！

ta.no.mu.wa.yo./i.ssho.no.o.ne.ga.i.

拜託啦，這是我一生所願！

Ⓑ それでもちょっと…。

so.re.de.mo./cho.tto.

就算是這樣也……。

Ⓐ じゃ、短くて結構ですから、スピーチをお願い。

ja./mi.ji.ka.ku.te.ke.kko.de.su.ka.ra./su.pi.i.chi.o./
o.ne.ga.i.

那不然這樣，短一點也沒關係，請你說一段話。

Ⓑ うん…わかった。

u.n./wa.ka.tta.

嗯……，好吧。

• track 248

● 實用會話 2 ●

Ⓐ どうしよう、わたし、ぜんぜんやる気になれないなあ。

do.u.shi.yo.u./wa.ta.shi./ze.n.ze.n./ya.ru.ki.ni.na.re.na.i.na.a.

怎麼辦，我都還不想寫耶。

Ⓑ おいおい、そんな訳ないでしょう。明日はレポートの提出日だろう。

o.i.o.i./so.n.na.wa.ke.na.i.de.sho.u./a.shi.ta.wa./re.po.o.to.no./te.i.shu.tsu.bi.da.ro.u.

喂喂，不可以這樣吧！明天就要交報告咧！

Ⓐ じゃ、手伝ってくれない？

ja./te.tsu.da.tte.ku.re.na.i.

那，你可以幫我嗎？

Ⓑ やだよ、自分で書きなよ。

ya.da.yo./ji.bu.n.de.ka.ki.na.yo.

才不要咧，你自己寫。

Ⓐ お願い！

o.ne.ga.i.

拜託啦。

Ⓑ わかった。これが最後だぞ。

wa.ka.tta./ko.re.ga.sa.i.go.da.zo.

好啦，這是最後一次囉！

• track 249

19. 接受挑戰

○ もちろん。

mo.chi.ro.n.

當然。

○ まあ、見ててよ。

ma.a./mi.te.te.yo.

等著瞧。

○ 任せてください。

ma.ka.se.te./ku.da.sa.i.

交給我吧。

○ お任せください。

o.ma.ka.se./ku.da.sa.i.

交給我吧。

○ かけようか？

ka.ke.yo.u.ka.

要不要賭一賭？

○ 誓うよ。

chi.ka.u.yo.

我發誓。

○ 自信があります。

ji.shi.n.ga./a.ri.ma.su.

我有信心。

つ 確かに言いました。

ta.shi.ka.ni./i.i.ma.shi.ta.

我確實這麼説。

つ 心配しないで。

shi.n.pa.i.shi.na.i.de.

別擔心。

つ 自信満々。

ji.shi.n.ma.n.ma.n.

信心十足。

つ 楽勝さ。

ra.ku.sho.u.sa.

輕而易舉。

つ 簡単だ。

ka.n.ta.n.da.

真簡單。

つ 絶対。

ze.tta.i

絕對可以。

つ 喜んで。

yo.ro.ko.n.de.

我很樂意。

つ 引き受けます。

hi.ki.u.ke.ma.su.

我願意接受。

➲ 問題ない。
  mo.n.da.i.na.i.
  沒問題。

➲ 大丈夫だよ。
  da.i.jo.u.bu.da.yo.
  沒問題。

➲ 精一杯やります。
  se.i.i.ppa.i./ya.ri.ma.su.
  我會盡力。

➲ 精一杯頑張ります。
  se.i.i.ppa.i./ga.n.ba.ri.ma.su.
  我會加油。

➲ 代わりにやってもいいよ。
  ka.wa.ri.ni./ya.tte.mo.i.i.yo.
  我幫你做也可以唷！

➲ 代わりにやってあげよう。
  ka.wa.ri.ni./ya.tte.a.ge.yo.u.
  我來幫你吧！

➲ やります。
  ya.ri.ma.su.
  我願意做。

● 實用會話 1

Ⓐ 及川さん、これをお願いできますか？

o.i.ka.wa.sa.n./ko.re.o./o.ne.ga.i./de.ki.ma.su.ka.

及川先生，這件事可以拜託你嗎？

Ⓑ いいよ、やってあげる。

i.i.yo./ya.tte.a.ge.ru.

可以啊，我幫你做。

Ⓐ 明日の朝十時までなんですけど、いいです
か？

a.shi.ta.no.a.sa./ju.u.ji.ma.de.na.n.de.su.ke.do./i.i.
de.su.ka.

明天十點以前就要，可以嗎？

Ⓑ いいよ、大丈夫だよ。

i.i.yo./da.i.jo.u.bu.da.yo.

可以，沒問題。

Ⓐ ありがとうございます。

a.ri.ga.to.u./go.za.i.ma.su.

謝謝。

• track 251

● 實用會話 2 ●

Ⓐ 今日の晩ご飯、僕が作るから。

kyo.u.no.ba.n.go.ha.n./bo.ku.ga./tsu.ku.ru.ka.ra.

今天的晚飯我來做。

Ⓑ あれ、料理は得意じゃないって言ってたじゃん？

a.re./ryo.u.ri.wa./to.ku.i.ja.na.i.tte./i.tte.ta.ja.n.

怎麼了，你不是說你不擅長煮飯嗎？

Ⓐ まあ、見ててよ。うまいのを作るから。

ma.a./mi.te.te.yo./u.ma.i.no.wo./tsu.ku.ru.ka.ra.

等著看吧，我會做出好吃的料理的。

Ⓑ 本当に大丈夫？

ho.n.to.u.ni.da.i.jo.u.bu.

真的沒問題吧？

Ⓐ もちろん！自信満々だ。

mo.chi.ro.n./ji.shi.n.ma.n.ma.n.da.

當然啦，我信心十足。

• track 252

20. 抱怨

➲ 最低だ。

sa.i.te.i.da.

真差勁。

➲ どん底だ。

do.n.zo.ko.da.

到了谷底了。

➲ 相手にするな。

a.i.te.ni.su.ru.na.

不要理他。

➲ ばか言うな。

ba.ka.i.u.na.

別説傻話。

➲ ダさい。

da.sa.i.

真丟臉。/真糟。

➲ ぶつぶつ言うな。

bu.tsu.bu.tsu.i.u.na.

別抱怨了。

➲ めんどくさいなあ。

me.n.do.ku.sa.i.na.a.

真麻煩。

➲ なによ。

na.ni.yo.

什麼啦！

➲ いやになった。

i.ya.ni.na.tta.

覺得煩。

➲ うんざりだ。

u.n.za.ri.da.

真是厭煩。

➲ からかうなよ。

ka.ra.ka.u.na.yo.

別開我玩笑。

➲ うるさい！

u.ru.sa.i.

真囉嗦。

➲ たまらない！

ta.ma.ra.na.i.

受不了。

➲ もう飽きた。

mo.u.a.ki.ta.

我已經膩了。

➲ 余計な親切だ。

yo.ke.i.na.shi.n.se.tsu.da.

多管閒事。

➲ でたらめ。
de.ta.ra.me.
亂七八糟。/胡說八道。

➲ ずるい。
zu.ru.i.
真奸詐。

➲ けち。
ke.chi.
小氣。

➲ まったく。
ma.tta.ku.
真是的。

➲ つまらない。
tsu.ma.ra.na.i.
好無聊。

➲ いい加減にして。
i.i.ka.ge.n.ni.shi.te.
適可而止。

➲ なめんなよ。
na.me.n.na.yo.
別瞧不起人。

➲ 聞かないでよ。
ki.ka.na.i.de.yo.
別問我。

• track 253

● 實用會話 1 ●

🅐 仕事をやめたいなあ。

shi.go.to.o./ya.me.ta.i.na.a.

真想辭職。

🅑 またかよ？

ma.ta.ka.yo.

又來了。

🅐 だって、つまらないし、上司もうるさいし、もういやになった。

da.tte./tsu.ma.ra.na.i.shi./jo.u.shi.mo.u.ru.sa.i.shi./mo.u.i.ya.ni.na.tta./

因為這工作又無聊、上司又囉嗦，真的覺得很煩嘛！

🅑 文句を言うな。仕事はみんなそうだ。

mo.n.ku.o.i.u.na./shi.go.to.wa./mi.n.na.so.u.da.

別抱怨了，工作都是這樣的。

🅐 でも…。

de.mo.

可是。

• track 254

● 實用會話 2 ●

A ほら、汚い手で触るな！

ho.ra./ki.ta.na.i.te.de./sa.wa.ru.na.

喂，別用你的髒手摸！

B 触らせてくれたっていいじゃない、けち！

sa.wa.ra.se.te.ku.re.ta.tte./i.i.ja.na.i./ke.chi.

讓我摸一下會怎樣，小氣鬼！

A 大事なバットだからダメ！

da.i.ji.na.ba.tto.da.ka.ra./da.me.

這可是我寶貝的球棒，當然不行。

B 兄ちゃん最低！わたし、出て行くから。

ni.i.cha.n./sa.i.te.i/wa.ta.shi./de.te.i.ku.ka.ra.

哥哥你最差勁了，我要出去了。

A どうぞ、ご勝手に！

do.u.zo./go.ka.tte.ni.

請自便！

● track 255

21 個性

➲ いい人だ。

i.i.hi.to.da.

是好人。

➲ 憎めないな。

ni.ku.me.na.i.na.

又愛又恨。

➲ 性格きついな。

se.i.ka.ku.ki.tsu.i.na.

個性很糟。

➲ マイペース。

ma.i.pe.e.su.

我行我素。

➲ 男っぽい。

o.to.ko.ppo.i.

男孩子氣。

➲ 女らしい。

o.n.na.ra.shi.i.

有女人味。

➲ 明るい。

a.ka.ru.i.

個性開朗。

➲ 暗い。
ku.ra.i.
個性灰暗。

➲ 大人っぽい。
o.to.na.ppo.i.
很成熟。

➲ 軽い。
ka.ru.i.
很輕薄。

➲ 怒りっぽい。
o.ko.ri.ppo.i.
愛生氣。

➲ 面白い。
o.mo.shi.ro.i.
很有趣。

➲ ずるい。
zu.ru.i.
很狡猾。

➲ 几帳面だ。
ki.cho.u.me.n.da.
愛乾淨。

➲ 短気だ。
ta.n.ki.da.
沒耐性。/愛生氣。

➲ 冷たい。

tsu.me.ta.i.

冷淡。

➲ 負けず嫌い。

ma.ke.zu.gi.ra.i.

好勝。

➲ わがままだ。

wa.ga.ma.ma.da.

任性。

➲ しつこい。

shi.tsu.ko.i.

煩人。

➲ 癒し系。

i.ya.shi.ke.i.

治療系。/很能撫慰人心。

➲ きちんとしている。

ki.chi.n.to./shi.te.i.ru.

一絲不苟。

➲ しっかりしている。

shi.kka.ri./shi.te.i.ru.

很謹慎。

➲ 無責任だ。

mu.se.ki.ni.n.da.

沒有責任感。

• track 256

● 實用會話 1

🅐 藤原さんは怒りっぽく短気で、小さいことを
気にします。

fu.ji.wa.ra.sa.n.wa./o.ko.ri.ppo.ku.ta.n.ki.de./chi.i.
sa.i.ko.no.o./ki.ni.shi.ma.su.

藤原先生愛生氣又沒耐性，一點小事都會介
意。

🅑 だから友達が少ないですね。

da.ka.ra./to.mo.da.chi.ga./su.ku.na.i.de.su.ne.

所以他朋友很少啊！

🅐 あんな変な性格は誰も耐えられないですよ。

a.n.na.he.n.na.se.i.ka.ku.wa./da.re.mo./ta.e.ra.re.
na.i.de.su.yo.

這種怪個性，誰都受不了。

🅑 でも奥さんは優しくて、親切ですね。

de.mo./o.ku.sa.n.wa.ya.sa.shi.ku.te./shi.n.se.tsu.de.
su.ne.

可是他老婆就溫柔又親切。

🅐 そうですね、いつも微笑んで話しますよ。

so.u.de.su.ne./i.tsu.mo./ho.ho.e.n.de./ha.na.shi.ma.
su.yo.

就是說啊，和人說話時一直面帶微笑。

🅑 奥さんに学ぶべきですね。

o.ku.sa.n.ni./ma.na.bu.be.ki.de.su.ne.

真該向他老婆學學。

● 實用會話 2 ●

Ⓐ あの人、かっこいい！

a.no.hi.to./ka.kko.i.i.

你看那個人，好帥！

Ⓑ それは 野球部の田中先輩だよ。

so.re.wa./ya.kyu.u.bu.no./ta.na.ka.se.n.ba.i.da.yo.

那是棒球隊的田中學長。

Ⓐ えっ？知り合い？

e./shi.ri.a.i.

疑？你認識他嗎？

Ⓑ うん。同じ塾に通ってるんだ。

u.n./o.na.ji.ju.ku.ni./ka.yo.tte.ru.n.da.

對啊，我們在同一間補習班上課。

Ⓐ 彼はどんな人？

ka.re.wa./do.n.na.hi.to.

他是怎樣的人？

Ⓑ 明るくて素直な人だ。でも、ちょっと子供っ
ぽいね。

a.ka.ru.ku.te./su.na.o.na.hi.to.da./de.mo./cho.tto.
ko.do.mo.ppo.i.ne.

很開朗又率直，可是有點孩子氣。

22. 好天氣

➲ いい天気です。

i.i.te.n.ki.de.su.

好天氣。

➲ 雨が上がりました。

a.me.ga./a.ga.ri.ma.shi.ta.

雨停了。

➲ 暑いです。

a.tsu.i.de.su.

好熱。

➲ 涼しいです。

su.zu.shi.i.de.su.

很涼爽。

➲ 晴れます。

ha.re.ma.su.

晴天。

➲ ぽかぽか陽気です。

po.ka.po.ka./yo.u.ki.de.su.

很暖和。

➲ 小春日和。

ko.ha.ru.bi.yo.ri.

(秋、冬時)天氣很晴朗舒爽。

➲ うららかな天気。

u.ra.ra.ka.na.te.n.ki.

晴朗的天氣。

➲ からりとしたよい天気。

ka.ra.ri.to.shi.ta./yo.i.te.n.ki.

乾爽的好天氣。

➲ 気持ちよく晴れる。

ki.mo.chi.yo.ku./ha.re.ru.

舒服的晴天。

➲ 太陽がかんかんと照りつける。

ta.i.yo.u.ga./ka.n.ka.n.to./te.ri.tsu.ke.ru.

太陽猛烈的照射。

➲ 強い日差しです。

tsu.yo.i./hi.za.shi.de.su.

陽光很強。

➲ 洗濯日和です。

se.n.ta.ku.bi.yo.ri.de.su.

適合洗衣服的好天氣。

• track 259

22-1. 壞天氣

➲ 寒いです。

sa.mu.i.de.su.

天氣很冷。

➲ 蒸し暑いです。

mu.shi.a.tsu.i.de.su.

悶熱。

➲ 曇りです。

ku.mo.ri.de.su.

陰天。

➲ 雨が降りそうです。

a.me.ga./fu.ri.so.u.de.su.

快下雨了。

➲ 雨ばっかりだ。

a.me.ba.kka.ri.da.

陰雨綿綿。

➲ 地震があった。

ji.shi.n.ga./a.tta.

發生了地震。

➲ 台風が近づいてるらしい。

ta.i.fu.u.ga./chi.ka.zu.i.te.ru./ra.shi.i.

好像有颱風。

➲ 雪が降る。

yu.ki.ga./fu.ru.

會下雪。

➲ 寒くなる。

sa.mu.ku.na.ru.

會變冷。

➲ 天気が荒れるようだ。

te.n.ki.ga./a.re.ru.yo.u.da.

好像會變天。

➲ 雨がざあざあ降ってきました。

a.me.ga./za.a.za.a./fu.tte.ki.ma.shi.ta.

剛剛突然下了大雨。

➲ ぽつぽつ降っている。

po.tsu.po.tsu./fu.tte.i.ru.

雨一滴一滴下得很小。

➲ しょぼしょぼ降っている。

sho.bo.sho.bo./fu.tte.i.ru.

下著毛毛雨。

➲ しとしと降っている。

shi.to.shi.to./fu.tte.i.ru.

雨靜靜的下。

• track 260

● 實用會話 1

Ⓐ 今日はいい天気だね。

kyo.u.wa./i.i.te.n.ki.da.ne.

今天真是好天氣。

Ⓑ そうだね。会社休んで遊びたいなあ。

so.u.da.ne./ka.i.sha.ya.su.n.de./a.so.bi.ta.i.na.a.

就是說啊，真想要請假出去玩。

Ⓐ でも、午後の天気が荒れるそうだね。

de.mo./go.go.no.te.n.ki.ga./a.re.ru.so.u.da.ne.

可是，聽說下午會變天。

Ⓐ 昨日の天気予報がそう言っていた。

ki.no.u.no.te.n.ki.yo.ho.u.ga./so.u.i.tte.i.ta.

昨天氣象預報這麼說。

Ⓑ しまった。今日傘を持ってきていない。

shi.ma.tta./kyo.u.ka.sa.o./mo.tte.ki.te.i.na.i.

糟了，我今天沒帶傘。

● track 261

● 實用會話 2

Ⓐ わたしのスカートはどこ？

wa.ta.shi.no.su.ka.a.to.wa./do.ko.

我的裙子在哪？

Ⓑ 最近毎日雨が降っているから、洗濯物が乾かないのよ。

sa.i.ki.n./ma.i.ni.chi./a.me.ga.fu.tte.i.ru./ka.ra./se.n.ta.ku.mo.no.ga./ka.wa.ka.na.i.no.yo.

最近天天下雨，衣服都還沒乾。

Ⓐ いやだな、梅雨の季節。

i.ya.da.na./tsu.yu.no.ki.se.tsu.

真討厭梅雨季。

Ⓑ そうだよ。今日も朝から雨がしとしとと降っている。

so.u.da.yo./kyo.u.mo.a.sa.ka.ra./a.me.ga.shi.to.shi.to.to./fu.tte.i.ru.

就是說啊，今天也是從早就一直下雨。

Ⓐ 春のうららかな天気が懐かしいし、太陽がかんかんと照りつける夏が待ち遠しいなあ。

ha.ru.no.u.ra.ra.ka.na.te.n.ki.ga./na.tsu.ka.shi.i.shi./ta.i.yo.u.ga./ka.n.ka.n.to.te.ri.tsu.ke.ru.na.tsu.ga./ma.chi.do.o.shi.i.na.a.

真懷念春天晴朗的天氣，也期待炎熱的夏天快來。

• track 262

23. 形容人的擬態語

⊃ ぷんぷん。
pu.n.pu.n.
生氣的模樣。

⊃ いきいき。
i.ki.i.ki.
很有活力的模樣。

⊃ いじいじ。
i.ji.i.ji.
很彆扭的模樣。

⊃ いそいそ。
i.so.i.so.
因期待而感到興奮的模樣。

⊃ いやいや。
i.ya.i.ya.
不情願的樣子。

⊃ いらいら。
i.ra.i.ra.
心神不定。/煩躁的模樣。

⊃ うきうき。
u.ki.u.ki.
雀躍開心的模樣。

⊃ うだうだ。

u.da.u.da.

怠惰。/碎碎念。

⊃ うとうと。

u.to.u.to.

打瞌睡。

⊃ うろうろ。

u.ro.u.ro.

四處閒晃。

⊃ かんかん。

ka.n.ka.n.

生氣發怒的樣子。

⊃ きびきび。

ki.bi.ki.bi.

動作明快，不拖泥帶水。

⊃ くたくた。

ku.ta.ku.ta.

很疲勞的樣子。

⊃ こそこそ。

ko.so.ko.so

偷偷摸摸的樣子。

• track 263

23-1. 形容事物的擬聲擬態語

➲ うじゃうじゃ。
u.ja.u.ja.
小蟲聚集蠕動的樣子。

➲ かちかち。
ka.chi.ka.chi.
硬物碰撞的聲音。

➲ ぎゅうぎゅう。
gyu.u.gyu.u.
塞得很滿的樣子。

➲ ぐちゃぐちゃ。
gu.cha.gu.cha.
亂七八糟。

➲ くるくる。
ku.ru.ku.ru.
一圈一圈環繞著。/捲捲的。

➲ だぶだぶ。
da.bu.da.bu.
衣服太大不合身。

➲ ちくちく。
chi.ku.chi.ku.
刺刺的。

➲ ちらちら。

chi.ra.chi.ra.

小東西輕輕飄落的樣子。/忽隱忽現。

➲ つやつや。

tsu.ya.tsu.ya.

有光澤。

➲ つるつる。

tsu.ru.tsu.ru.

很光滑。

➲ どろどろ。

do.ro.do.ro.

很黏稠。

➲ ぬるぬる。

nu.ru.nu.ru.

又黏又滑。

➲ ばらばら。

ba.ra.ba.ra.

散落。/支離破碎。

➲ ぴかぴか。

pi.ka.pi.ka.

亮晶晶。

➲ びしょびしょ。

bi.sho.bi.sho.

濕答答的。

• track 264

● 實用會話 1 ●

Ⓐ 明菜さんは週に何回ぐらい運動しています
か？

a.ki.na.sa.n.wa./shu.u.ni./na.n.ka.i.gu.ra.i./u.n.do.
u.shi.te./i.ma.su.ka.

明菜小姐一週大約做幾次運動呢？

Ⓑ わたしは大体週三回のペースで運動していま
す。聡さんは？

wa.ta.shi.wa./da.i.ta.i./shu.u.sa.n.ka.i.no.pe.e.su.
de./u.n.do.u.shi.te.i.ma.su./sa.to.shi.sa.n.wa.

我大約一週做三次運動，聰先生呢？

Ⓐ わたしは週一回が精一杯です。仕事でくたく
たになって休みがちなんですけど。

wa.ta.shi.wa./shu.u.i.kka.i.ga./se.i.i.ppa.i.de.su./
shi.go.to.de./ku.ta.ku.ta.ni.na.tte./ya.su.mi.ga.chi.
na.n.de.su.ke.do.

我一週做一次運動就很吃力了。而且工作太累
所以常常偷懶。

Ⓑ そうですか。お仕事大変そうですね。

so.u.de.su.ka./o.shi.go.to./ta.i.he.n.so.u.de.su.ne.

這樣啊，你的工作好像很辛苦呢！

• track 265

● 實用會話 2 ●

Ⓐ このチェリー、おいしそう。

ko.no.che.ri.i./o.i.shi.so.u.

這櫻桃看起來好好吃！

Ⓑ 本当だ、つるつる光ってる。

ho.n.to.u.da./tsu.ru.tsu.ru./hi.ka.tte.ru.

真的耶，光滑又有光澤。

Ⓐ でもお値段はちょっと…。

de.mo./o.ne.da.n.wa./cho.tto.

可是價錢有點……。

Ⓑ あっ、高い！どうしよう？

a./ta.ka.i./do.u.shi.yo.u.

哇！好貴！怎麼辦？

Ⓐ うん…、奮発して買おうか？

u.n./fu.n.pa.tsu.shi.te./ka.o.u.ka.

嗯……。大手筆買下來吧！

出差英文 1000 句型(附 MP3)

「出差英文寶典」明天就要出差了，該如何和外籍伙伴、客戶溝通？誰說英文不好就不能出差？只要帶著這一本，就可以讓你國外出差無往不利、攻無不克！

商業實用英文 E-mail(業務篇)附文字光碟

最新版附實用書信文字光碟讓你寫商業 Mail 不用一分鐘 5 大例句+E-mail 商用書信實例，讓你立即寫出最完備的商用英 文 E-mail。

商業實用英文 E-mail(人際)附文字光碟

實用例句+書信實例讓您立即寫出最完美的辦公室英文 E-mail。立即學、馬上用，完整學習 step by step，讓您利用英文 E-mail 拓展人際關係。Chapter 1 實用語句範例 Chapter 2 祝賀基本用語 Chapter 3 E-mail 信函實例…

網拍學英語

英文網拍達人出列！老是看不懂英文購物網站嗎？本書 step by step，一步步教您學會網拍英文！看上了英文網拍的商品，卻不知道如何競標、下單嗎？本書每個步驟詳細解釋，讓您順利在英文網站上當個賣方或買方！

國家圖書館出版品預行編目資料

日語這樣說最正確／雅典日研所著.

--初版.--臺北縣汐止市 ： 雅典文化,民98.12

面； 公分. -- （全民學日語系列：01）

ISBN：978-986-7041-90-6（平裝）

1. 日語　　2. 口語　　3. 句法　　4. 會話

803.169　　　　　　　　　　　　　　98018632

日語這樣說最正確

編　　著◎ 雅典日研所

出 版 者◎ 雅典文化事業有限公司

登 記 證◎ 局版北市業字第五七〇號

發 行 人◎ 黃玉雲

執行編輯◎ 許惠萍

編 輯 部◎ 221 台北縣汐止市大同路三段 194-1 號 9 樓

　　　　　EmailAdd: a8823.a1899@msa.hinet.net

　　　　　電話◎02-86473663　傳真◎ 02-86473660

郵　　撥◎ 18965580 雅典文化事業有限公司

法律顧問◎ 永信法律事務所　林永頌律師

總 經 銷◎ 永續圖書有限公司

　　　　　221 台北縣汐止市大同路三段 194– 1 號 9 樓

　　　　　EmailAdd: yungjiuh@ms45.hinet.net

　　　　　網站◎ www.foreverbooks.com.tw

　　　　　郵撥◎ 18669219

　　　　　電話◎ 02-86473663

　　　　　傳真◎ 02-86473660

初　　版◎ 2009 年 12 月

雅典文化 讀者回函卡

謝謝您購買這本書。
為加強對讀者的服務，請您詳細填寫本卡，寄回雅典文化
；並請務必留下您的E-mail帳號，我們會主動將最近"好
康"的促銷活動告 訴您，保證值回票價。

書　　名：日語這樣說最正確

購買書店：＿＿＿＿＿＿市／縣＿＿＿＿＿＿＿＿書店

姓　　名：＿＿＿＿＿＿ 生　日：＿＿年＿＿月＿＿日

身分證字號：＿＿＿＿＿＿＿＿＿＿＿＿＿＿＿＿＿＿＿

電　　話：(私)＿＿＿＿＿(公)＿＿＿＿＿(手機)＿＿＿＿＿

地　　址：□□□＿＿＿＿＿＿＿＿＿＿＿＿＿＿＿＿＿＿

E - mail：＿＿＿＿＿＿＿＿＿＿＿＿＿＿＿＿＿＿＿＿

年　　齡：□20歲以下　□21歲~30歲　□31歲~40歲
　　　　　□41歲~50歲　□51歲以上

性　　別：□男　　□女　　婚姻：□單身　□已婚

職　　業：□學生　□大眾傳播　□自由業　□資訊業
　　　　　□金融業　□銷售業　□服務業　□教職
　　　　　□軍警　□製造業　□公職　□其他

教育程度：□高中以下（含高中）□大專　□研究所以上

職 位 別：□負責人　□高階主管　□中級主管
　　　　　□一般職員　□專業人員

職 務 別：□管理　□行銷　□創意　□人事、行政
　　　　　□財務、法務　□生產　□工程　□其他＿＿＿

您從何得知本書消息？
　　□逛書店　□報紙廣告　□親友介紹
　　□出版書訊　□廣告信函　□廣播節目
　　□電視節目　□銷售人員推薦
　　□其他＿＿＿＿＿＿＿＿＿＿＿

您通常以何種方式購書？
　　□逛書店　□劃撥郵購　□電話訂購　□傳真訂購　□信用卡
　　□團體訂購　□網路書店　□其他＿＿＿＿＿

看完本書後，您喜歡本書的理由？
　　□內容符合期待　□文筆流暢　□具實用性　□插圖生動
　　□版面、字體安排適當　□內容充實
　　□其他＿＿＿＿＿＿＿＿＿

看完本書後，您不喜歡本書的理由？
　　□內容不符合期待　□文筆欠佳　□內容平平
　　□版面、圖片、字體不適合閱讀　□觀念保守
　　□其他＿＿＿＿＿＿＿＿＿

您的建議：

2 2 1 0 3

台北縣汐止市大同路三段 194 號 9 樓之 1

雅典文化事業有限公司

編輯部　收

請沿此虛線對折免貼郵票，以膠帶黏貼後寄回，謝謝！

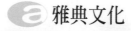
雅典文化

為你開啟知識之殿堂